삼치부인
바다에
빠지다

삼치부인
바다에
빠지다

초판1쇄 2024년 4월 5일 **지은이** 이리나 **펴낸이** 한효정 **편집교정** 김정민 **기획** 박화목 **디자인** purple **표지일러스트** 이로 **마케팅** 안수경 **펴낸곳** 도서출판 푸른향기 **출판등록** 2004년 9월 16일 제 320-2004-54호 **주소** 서울 영등포구 선유로 43가길 24 104-1002 (07210) **이메일** prunbook@naver.com **전화번호** 02-2671-5663 **팩스** 02-2671-5662 **홈페이지** prunbook.com | facebook.com/prunbook | instagram.com/prunbook

ISBN 978-89-6782-211-8 03810
ⓒ 이리나, 2024, Printed in Korea

*책값은 뒤표지에 있습니다.

이 도서의 국립중앙도서관 출판예정도서목록(CIP)은 서지정보유통지원시스템 홈페이지(http://seoji.nl.go.kr)와 국가자료공동목록시스템(http://www.nl.go.kr/kolisnet)에서 이용하실 수 있습니다.

삼치부인
바다에
빠지다

이리나 지음

스쿠버다이빙, 수영, 해녀학교에 이르기까지의 치열한 도전

"그때 바닷속을 유영하던 나는 진짜 나였을까?"

푸른향기
Phunhyang Publishing Co.

왜 삼치부인일까요?

우스갯소리로 스스로를 가리켜 '삼치三痴부인'이라 부른다. 길눈이 어두워 5분 걸릴 길을 30분 헤매는 길치, 숫자에 약해 지난달에 구매한 생활용품의 가격도 제대로 기억 못 하는 수치, 몸으로 하는 거의 모든 운동과 활동에 젬병인 몸치.

어디 '삼치'뿐이랴. 남들 다 쉽게 조립해 쓰는 DIY 앞에서 속수무책인 기계치, 내가 서 있는 위치는 고려하지 않고 무조건 내 왼편이면 동쪽, 머리 쪽이면 북쪽이라 우기는 방향치 등 세분화하면 십치, 백치도 가능한 인물이 나란 사람이다.

그러나 겉으로 완벽해 보이는 사람에게도 남모르는 고민과 애환이 있고, 나처럼 하자 많은 사람도 그걸 이겨낼 기질과 재주는 있는 법이다. 나의 강점은 쉽사리 포기하지 않는 은근과 끈기, 시키는 대로 하는 의외의 모범생 기질이다.

덕분에 길치 주제에 용감하게 길을 알려주고, 선택과 집중을 통해 정말 중요(그러나 단순한) 숫자는 오히려 남들보다 잘 기억한다. 그리고 몸치이지만 여러 스포츠 스승들의 가르침을 충실히 따르고, 부단히 연습한 결과 아마추어로서는 최고의 단계에 이르렀다는 칭찬도 받는다.

내겐 수십억 광년만큼 멀었던 스쿠버다이빙에 도전해서 끝내 리브어보드 다이빙(배 안에서 숙식하며 일정 기간 바다에 머물러 다이빙하는 것)을 했고, 수영을 배워 수영장 전설이 되었으며, 해녀학교에 발을 들였다. 거기에 그치지 않고 바다를 무대로 살아가는 해녀들의 삶을 듣고 감동하여, 앞으로 육지해녀 알리미가 되기로 다짐했다.

자전거를 못 타서 캐나다 스탠리파크 자전거 길에서 이인용자전거의 앞자리를 열 살짜리 아들에게 넘겨야 했던 내가 해녀학교에서는 경력자로서 초보자 짝을 보살피게 되었으니, 이 정도면 몸치로서는 대성공을 거둔 게 아닌가 싶다.

에이브러햄 링컨은 '단점이 없는 사람은 장점도 거의 없다'라고 했다. 즉, 나처럼 단점이 많은 사람이 오히려 장점이 많을 확률도 높은 법이라 우겨본다.

오래전 블로그에 내가 삼치부인임을 커밍아웃했을 때 블로그 이웃 한 분이 이런 댓글을 달아주었다.

　'본인께서는 어리석을 치(痴)라고 하셨으나, 어찌 보면 부끄러울 치(恥)라 할 만한 면을 과감히 드러내셨으니 그 셋 또한 능히 다스릴 치(治)가 될 것이옵니다.'

　그동안 내 바람에 열심히 산 줄 알았는데, 실은 주변 분들의 이런 응원 덕분에 힘과 용기를 냈던 것 같다.

　이제 나 자신의 단점을 드러내고, 눈물겹도록 기막히고 애잔한 경험과 에피소드를 풀어냄으로써 쉽사리 지치지 않을 줄 알았는데 (나이 탓인지) 한 번씩 기가 꺾이는 나를 추어올리고, 다른 이들에게는 '이런 사람도 하는데 내가 못 할 쏘냐' 식의 자신감을 불어 넣어주고 싶다.

　조금씩 쌓아가는 힘의 위대함을 통해 서서히 단점을 극복하고, 그 경험을 바탕으로 인생의 진리를 향해 나아가는 과정을 함께 짚어 가실 분들, 어서 오세요, 환영합니다!

프롤로그   왜 삼치부인일까요? 004

1장 ～～～～～～～～～～～～～
몸치의 몸부림

- 1조 꼴찌를 2조 일등으로 착각하게 만드는 신공 014
- 도저히 안 되겠으면 말해 018
- 차라리 F를 주실 것이지 022
- 이게 어떻게 안 될 수 있어, 엉? 028
- 몸치가 직면하는 편견들 032

2장

님아, 당신이 간다면 나도 따라갑니다

- 터키보다 강력한 스트라이크 040
- 골프도 운전도 미련곰탱이처럼 045
- 게으름뱅이 남편의 스쿠버다이빙 할 결심 052
- 장비를 풀 장착하고 5미터 풀에 입수하다 057

3장

그때 바닷속을 유영하던 나는 진짜 나였을까

- 아찔했던 첫 바다 입수의 기억 068
- 바다 부흥회에서 남의 폰을 바다에 빠트리다 073
- 아무리 그래도 2주면 될 줄 알았지 078
- 깊은 바다에 보물을 묻고 083
- 한밤의 상어 쇼 088

4장

길은 걷는 자의 것이다

- 빠져 죽고 싶어도 못 죽어요 098
- 금메달보다 값진 콩밥 한 그릇 102
- Y섬에서는 내내 걸었다 106
- 섬 동물들의 대모 112
- 빡센 길동무와 함께한 섬에서의 마지막 1년 117
- 길은 걷는 자의 것이고, 섬은 건너는 자의 몫이다 122

5장

회녀, 해녀학교에 가다

- 바다가 다시 나를 부르다 146
- 해녀는 나의 운명? 150
- 테왁을 끌어안고 오리발을 저어 바다로 154
- 몸은 기억해내는데 마음이 브레이크를 걸어 158

6장

바다의 여성들, 해녀 이야기

• 모든 걸 쏟아부었기에 해녀가 될 수 있었어요 | 신호진   166
• 독도에 다시 한 번 꼭 가보고 싶어 | 김성량   181
• 나는 용왕의 딸이라 물질했지만, 젊은 사람들이 할 일은
  아니야 | 현삼강   199
• 열심히 사는데 일이 잘 풀리지 않는 사람에게 해녀 일을
  권하고 싶어 | 홍채숙   212

에필로그   젊음은 자연의 선물이지만, 나이는 예술품   226

1장
몸치의 몸부림

1조 꼴찌를 2조 일등으로 착각하게 만드는 신공

나는 딸 부잣집 딸이다. 태생적으로 운동신경이 둔한 데다 딸 많은 집의 특성상 주로 집에서 인형놀이나 소꿉놀이를 하다 보니 몸을 쓸 기회는 좀처럼 없었다. 한마디로 선천적, 환경적 몸치이다. 당연히 어릴 때부터 체육시간이 제일 싫었고, 모든 신체 활동이 집대성되는 운동회는 가장 피하고 싶은 학교 행사였다.

엄마는 운동회 날 아침 일찍 일어나 김밥을 말다 말고 피식 웃었다. 김밥 꼬투리라도 날름 집어먹으려고 밥상 옆에 딱 붙어 앉아있던 나는 엄마가 웃는 어이없는 웃음의 의미를 알 것 같았다.

엄마는 운동회를 기다리면서도 싫어했다. 당시만 해도 엄마가 속절없이 기가 죽을 때는 운동회밖에 없었을 터였다. 공부는 언니가 꽉 잡고 있었고, 얼굴은 동생들이 꽤 예뻤다. 동네 사람들은 예의 바르고 동기간의 우애도 좋은 우리를 보고 '참 희한한 애들'이라고 칭찬했다. 엄마는 겸손한 미소로 이웃들의 칭찬을 즐기기만 하면 됐다. 그러나 운동회에서만은 기를 펼 수 없었다.

우리 형제자매들이 운동에는 하나같이 깡통이기 때문에 백 미터 달리기 시합에서 순위에 들어 부상으로 공책을 받아오는 경우는 전무하다시피 했다. 그중에서도 내가 발군의 실력을 보였다. 나는 키가 작아 거의 매년 1조 멤버로 백 미터 달리기를 했는데, 내 딴에는 죽을힘을 다해 뛰는데도 앞 사람과 나 사이는 점점 멀어졌다. 바로 앞 친구와 거리 차이가 얼마나 많이 났던지, 내가 결승선에 들어서면 진행요원이 다가와 내 팔뚝을 잡고 '1'을 찍어주려 했다. 연례행사로 늘 있는 일이라 나는 놀라지도 않고 뚱한 얼굴로 2조 일등이 아니라 1조 꼴찌라고 팩트체크 해주고는 풀이 죽은 채 대기 줄에 와 앉았다.

형제자매들이 하나같이 운동을 못 하는 걸 보면 유전이 분명하건만, 부모님은 한사코 당신들은 적어도 우리만큼 운동을 못 하지는 않았다고 하셨다. 그렇다면 우리가 돌연변이여야 하는데, 무슨 돌연변이가 한 세대에 백 퍼센트의 확률로 나타난단 말인가. 우리가 운동을 못 하는 바람에 부모와 함께 하는 게임을 해본 적이 없어서 부모님의 실력을 확인해보지 못한 게 아쉬움으로 남는다.

참, 백 미터 달리기에서 한 번도 십 초대를 기록해 보지 못한 내가 반 대표로 달리기 시합에 나간 적이 있다. 그 해 갑자기 없던 운동신경이 생겨난 것도 아니요, 우리 반에 특히 체육을 못 하는 아이들만 포진한 것도 아니었다. 어느 날 6학년 전체가 합동 체육 수업을 했고, '분위기를 띄우는 데는 뭐니 뭐니 해도 반 대항 계주'라는 의견이 어디선가 날아들었으며, 우리 반에서는 계주 주자로 나서려는 아이들이 없었다. 아마 다른 어떤 문제로 반의 사기가 떨어져 있었거나, 선생님과 아이들 사이에 신뢰가 없었던 모양이다.

여하튼 선생님은 화가 머리끝까지 나서는 우리 반에서 제일 키 작은 순서대로 다섯 명을 찍어 반 대표로 내보냈고, 꼬꼬마인 나도 거기에 포함되었다.

요즘 같으면 그런 부당한 처사에 가만히 있지 않았겠

만, 당시에는 울며 겨자 먹기로 달리라면 달려야 했다. 결과는 보나 마나 뻔했다. 어마어마한 차이로 우리 반이 꼴찌를 했다. 운동장 한 바퀴를 달리는 내내 내가 느꼈던 감정이 지금 생각해보면 모멸감이었던 것 같다. 울 수도 화를 낼 수도 없었지만, 그때 내게 와 박힌 시선들로 온몸이 불에 덴 듯 화끈거렸던 느낌은 수십 년이 지난 지금도 선명하다.

그때 담임선생님이 꽤 괜찮은 분이었는데 왜 그런 결정을 하셨는지, 그때 나 아닌 네 명의 친구들은 또 어떤 기분이었는지, 새삼 궁금하다.

성공의 경험보다 실패의 기억이 훨씬 더 진하고 잔인하게 각인되는지, 그 사건은 평생 내 몸에 내가 갇히는 데 지대한 영향을 미쳤다.

도저히 안 되겠으면 말해

　요즘은 중요 과목에 밀려 예체능 수업을 아예 하지 않는 학교도 있다던데 내가 학교에 다녔을 때는 체육의 점수 비중이 꽤 높은 편이었다. 심지어 상급학교 입시에도 체육이 만만찮은 점수로 포함되어 있었다.

　백 미터 달리기, 넓이뛰기, 던지기, 매달리기, 윗몸일으키기 등을 해서 기준에 따라 점수가 매겨지는 식이었는데, 대개는 큰 무리 없이 만점을 받아서 나 같은 몸치를 제외한 보통 학생은 체육에서 20점의 기본 점수를 보장받는 셈이었다.

학생 수가 육칠십 명 되는 학급에서 적게는 서너 명, 많으면 예닐곱 정도가 체육에서 기본 점수를 받지 못했다. 고등학교 입시를 앞둔 중3 때는 나를 포함한 이런 아이들을 특공대라는 이름으로 점심시간과 방과 후에 모아 특훈을 시켰다.

체력장 종목 중에서 내가 유일하게 잘하는 건 윗몸일으키기였다. 기억이 맞는다면 윗몸일으키기는 1분에 오십몇 개를 해야 만점이었는데, 나는 육십 개를 거뜬히 하고도 시간이 남아 몇 초 동안 여유를 부리기까지 했다. 내가 위로받을 수 있는 유일한 종목인 윗몸일으키기는 하필 운동장에서 연습할 수 있는 성질이 못돼서, 아쉽게도 이 종목만은 좀 한다고 위로 삼을 구석도 없었다. 체육 수업만으로도 죽을 지경인데 특별훈련까지 받아야 했으니, 그 시절의 나는 학교 가기가 무섭지 않았을까.

집중 훈련을 했던 체력장 종목은 세 가지 정도였다. 표면에 동그란 홈이 여러 개 나 있는 고무공을 최대한 멀리 던져야 하는 '던지기', 다리를 아무 데도 닿지 않고 팔 힘으로 최대한 오래 철봉에 매달려 있어야 하는 '매달리기', 스윙으로 몸에 탄력을 더해 그 힘으로 최대한 모래밭 위로 멀리 뛰어서 착지하는 '멀리뛰기'.

내 딴엔 팔이 빠지도록 반동을 넣어 멀리 던져도 공은 바로 앞에 톡 떨어졌고, 의자 위에 올라서서 철봉 위로 몸을 쑥 올려 두 팔로 철봉에 매달리지만, 의자를 치우자마자 1초도 견디지 못하고 몸도 함께 스르르 내려왔으며, 팔다리와 허리로 최대한 스윙을 넣어 풀쩍 뛰어도 모래밭 입구에 털썩 엉덩방아를 찧는 등 어느 것 하나 시원하게 해내는 종목이 없었다.

한 번은 '오래달리기' 연습을 한다고 학교 뒤 동산을 한 바퀴 돌아와야 했는데, 다른 아이들은 대충 뛰는 시늉만 하다가 샛길로 내려갔지만, 나는 오기로 끝까지 뛰어 학교 운동장에 도착해서는 눈앞이 노래지고 허공에 별이 뱅글뱅글 도는 만화 같은 경험을 한 뒤 쓰러져버렸다.

체육선생님들이 땡땡이 한 번 안 치고 안간힘을 다하는 내가 안쓰러웠던지 살뜰히 보살펴준 덕분에 실력이 조금씩 나아지기는 했지만, 속도가 너무 느려 체력장에서 만점인 20점을 따낼 수 있을지는 여전히 미지수였다.

체력장 시험이 있던 날, 나를 주로 훈련시킨 체육선생님이 일부러 내가 가게 된 학교까지 따라와서 용기를 북돋아주셨다. 한두 종목이 끝난 뒤 선생님이 나를 따로 불러 정안 되겠거든 얘기를 하라고 했다. 무슨 방법이든 내주겠다면서. 눈물 나게 감사했지만, 자존심 상하게 편법을 쓰고 싶진 않아서 괜찮다고, 할 수 있을 것 같다고 말했다.

그간의 노력과 야무진 각오가 헛되지 않았는지 체력장에서 (가까스로) 만점을 받았고, 특공대 선생님은 자기 일인 양 기뻐했다. 잊고 있었는데 이 글을 쓰다 보니 불현듯 선생님 성함이 생각난다. 키가 작고 서울말 쓰시던 이재영 선생님. 몸치인 나를 한심해하지 않고 어떻게든 도와주고 싶어 한 첫 선생님이었다. 이런 분은 꼭 복 받으셨으면 좋겠다.

차라리 F를 주실 것이지

　나는 대학 입시 전형이 수시와 정시로 나뉘는 수능이 아니라 전기와 후기가 있는 학력고사를 본 고릿적 사람이다. 그때는 모두 학력고사를 친 뒤 점수에 맞춰 대학에 지원하는 식이었는데, 전기에서 학생을 70퍼센트 정도 뽑고 후기에서 나머지 30퍼센트를 선발했다. (방금 사실 확인을 위해 검색해보니 89년 이후로는 먼저 대학에 지원한 뒤 시험 결과로 당락을 결정하게 되었다고 한다.) 후기에만 학생을 선발하는 일명 '후기 대학'이 있었고, 전기에서 학생의 대부분을 선발하고 (정확히 기억나진 않지만) 성원의 10퍼센트 정도만 남겨두었다가 후기에서 채우는 식으로 분할 모집을 하는 학교도 있었다.

나름 고3 1년 동안 열심히 공부했지만, 기본이 덜 됐던지 학력고사에서 기대만큼 점수가 나오지 않아 원하는 대학에 원서를 써볼 수 없었다. 그나마 고르고 골라 지원한 전기 전형에서 낙방한 뒤에는 후기 준비를 포기하고 공무원 시험이나 쳐야겠다 마음먹고 있었다. (예나 지금이나 공무원 시험에는 이렇게 거품이 잔뜩 끼게 되는 것이다!)

그렇게 방구석에서 청승을 떨고 있는데, 후기 전형 마감 하루 전날 친구들이 불러냈다. 그리 친한 친구들이 아니었는데 그 자리에 뛰어나간 걸 보면, 눈치가 보여 이제 더는 방바닥을 긁고 있기 어려운 상황이었던 듯하다. 어쨌든 시무룩하게 나간 자리였지만, 실컷 웃고 떠들다 보니 마음이 조금은 가벼워졌다. 마침 대학에 가면 내가 그렇게도 치를 떠는 수학, 과학, 체육을 안 할 수 있으니 다닐 만하지 않겠느냐고 친구 하나가 내게 꼭 맞는 맞춤식 권유를 했다. 거기다 결정적으로 그 자리에 나와 있던 남자아이 하나가 오토바이로 집에 태워주겠다고 했다. 뒷자리에 어색하게 걸터앉았더니 그 아이가 드라마 남주처럼 "30분은 달려야 할 텐데 그렇게 엉성하게 앉아있다간 떨어져 다친다"라면서 자기 허리를 감싸 쥐게 했다. 찬 바람 쌩쌩 부는 대도시의 도로를 종횡무진 누벼 우리 집 앞에 도착했을 때, 내게는 이미 현실감의 절반 정도가 사라져 있었다. 남자아이가 나를 내려주면서 학교에서 자주 보자는 인사를 남기고는 눈을 찡긋하고 표표히 사라졌다.

실은 오토바이 남자아이를 다시 보고 싶어서였겠지만, 수학과 과학과 체육이 없는 학교라니 다녀 볼 만하지 않겠느냐고 자기 최면을 걸고는 공무원 시험 학원 광고지를 슬그머니 구겨서 휴지통에 넣고 후기 전형에 지원하여 합격했다. 남자아이가 이미 전기로 합격해 있는 ㄱ 학교였으나 입학 후 한 번도 그를 보지 못했으니, 그 아이는 나를 대학으로 이끈 입학요정이 아니었나 싶다.

그러나 대학에서도 1학년 때는 교양체육을 들어야 한다는 걸 우리는 (아니 나는) 미처 몰랐다. 그것도 학점을 따지 않으면 졸업 자체가 되지 않는 무시무시한 교양'필수' 과목이었다니, 맙소사!

교양체육으로는 수영, 승마, 테니스 중에서 하나를 골라 수강해야 했다. 퍼덕퍼덕 수영이나 풀쩍풀쩍 승마보다는 그나마 접근이 쉬울 것 같아 테니스를 택했다. 다행인지 불행인지 내가 대학을 다닌 80년대 중반에는 민주화운동으로 캠퍼스 안팎이 최루탄 연기와 시위대와 경찰로 가득

했고, 휴강을 밥 먹듯 했다. 교문은 굳게 닫혔고, 다른 수업과 마찬가지로 체육 수업도 거의 휴강이었다. 다른 과목은 과제로 시험을 대체하는 경우가 많았지만, 체육만큼은 반드시 실기시험을 쳐야 했다. 테니스를 고른 나는 무슨 일이 있어도 벽치기를 몇십 개 해내야 체육 과목의 학점을 받을 수 있었다.

수업을 하지 않으니 남들과 함께 연습하지 않아도 되는 점은 오히려 좋았다. 아무도 없는 텅 빈 테니스코트에서 죽이 되든 밥이 되든 연습해볼 수 있으니까. 자세고 뭐고 무조건 벽치기만 해내면 된다고 하니 안 되면 될 때까지 해보기로 했다. 처음에는 번번이 허방을 날렸지만, 남사친인지 친구 오빠인지 모를 누군가의 훈수 덕분에 시험 날짜가 다가올수록 벽을 치는 횟수가 늘어났다. 덕분에 테니스 엘보를 얻었지만, 다이어트 효과도 심심찮게 봤다.

드디어 실기시험이 있던 날, 절치부심하고 와신상담했던 날들의 피눈물을 닦을 수 있기를 바라며 이를 악물었다. 벽치기를 몇 개나 성공했는지는 기억에 없다. 아마 이토록 오래 가슴이 아픈 걸 보면 하나도 제대로 쳐내지 못했을 가능성도 배제할 수 없다.

대학 첫 성적표가 통지된 날, 나는 밖에 있었다. 성적이 궁금하기는 해서 집에 전화를 걸어 성적표가 왔는지 물었다. 동생이 할머니, 엄마와 함께 성적표를 뜯어봤다고 했다. 왜 남의 걸 뜯어보느냐고 따질 겨를도 없이 성적을 물어보았다. 장학생이 되느냐 마느냐의 기로에 서 있어서 성적이 궁금한 거였다면 좋으련만, 내가 알고 싶은 건 오직 A학점이 존재하는가, 체육 성적은 어떤가 하는 것뿐이었다.

동생이 A+는 딱 한 과목인데 과목명이 길고 ('영문타자실습'이었고, 0.5학점짜리였다), 체육은 D라고 했다. 나는 동생에게 그럴 리 없다며 몇 번이나 다시 확인하라고 했지만, 체육 점수는 D가 확실하다고 했다.

D제로라니, 차라리 F를 주셨으면 마음 편히 재수강이라도 하지. 지금 생각해보면 교수님도 나름 고민이 많으셨을 것 같다. 수업을 안 했으니 출석으로 점수를 환산할 수도 없고, 오로지 벽치기 개수로 점수를 매길 수밖에 없었을 테니까.

2학년 이후에도 체육을 필수과목으로 수강해야 했다면 나는 아마 대학을 중퇴하고 말았을 것이다. 아, 그렇다면 오히려 체육이 없어 무사히 대학을 졸업했다는 말인가? 존재하지 않는 걸로 존재감을 과시한 체육이라니! 이런 역설이 없다.

최근에 대학 졸업증명서와 성적증명서를 제출할 일이 있어서 정부 24와 주민센터를 통해 편리하게 발급받았는데, 몇십 년 동안 철석같이 믿었던 내 기억에 오류가 있었음을 발견했다. D로 알고 있던 체육 점수가 C였던 것이다. 최선을 다했으나 기대만큼 성적이 나오지 않아 이번 생엔 체육과 화해하기는 틀렸다며 앙심을 품는 과정에서 C가 D로 바뀌어 기억에 저장되었나 보다. 그래야 평생 체육 때문에 더 잘 될 뻔한 인생이 꼬였다고 탓할 수 있기 때문이었을까? 기억도 조작이 가능하다더니 과연 그랬다.

이게 어떻게 안 될 수 있어, 엉?

　결혼 전 연애할 때, 현 남편인 구 남친은 내가 운동을 못하고 싫어하는 데는 제대로 된 선생을 만나지 못한 탓이 클 거라며 자기가 감히 내게 탁구를 가르쳐주겠다고 나섰다. 자기가 관심을 가지고 성심성의껏 가르치면 곧 알콩달콩 핑퐁을 즐길 수 있을 것이고, 우리 둘 사이는 그 어느 때보다 더 굳건해질 것이며, 남친에 대한 내 믿음과 사랑은 한층 커지리라는 기대와 희망에 들뜨기까지 했다. 간도 크게.

내가 탁구채를 잡아본 게 그때가 처음이었느냐면 당연히 아니었다. 어릴 때 자식들이 한결같이 몸으로 하는 일에는 관심이 없고 오로지 책 읽고 입으로 떠드는 데만 열을 내는 게 영 못마땅하고 염려가 되셨던지, 어느 날 아버지가 중고 탁구대를 구해오셨다. 탁구대를 통닭이나 군만두처럼 종이가방에 넣어 들고 오실 수는 없었을 텐데, 탁구대가 마당에 놓이게 되기까지의 과정은 전혀 기억에 없다. 어쨌든 어느 날 난데없이 탁구대가 마당에 떡 하니 설치되었고, 다른 형제자매들은 더러 탁구를 신나게 치기도 했지만 나는 탁구채를 잡고 탁구대를 두어 번 툭툭 두드리다 내려놓았을 뿐 전혀 구미가 동하지 않았다. 왜 가만히 있는 공을 힘들여 그물 너머로 넘겨야 하는지 이해가 되지 않는다는 듯 탁구대 앞에 서서 고개를 갸웃거렸다.

직장 다닐 때도 탁구 붐이 분 적이 있어서 점심시간마다 강당에 탁구를 치러 가긴 했었다. 그때도 엄밀히 탁구를 쳤다고 말하기는 어렵다. 탁구채를 휘둘렀고, 공을 열심히 주우러 다녔으며, 탁구공이 배 등의 신체 부위를 맞고 멋대로 날아가거나 유니폼 스커트 속으로 들어갔다가 튀어나오는 바람에 내가 탁구공을 낳는 것 같은 진기명기를 연출했다.

제대로 게임을 해내지 못하는 나를 도려내지 않고 늘 데리고 다녔던 동료들에게 무한 감사하고, 자괴감을 느낄지 언정 겉으로는 세상이 무너지는 것 같은 표정을 짓지 않고 신묘한 재주로 동료들을 기쁘게 해주느라 내가 오히려 고 생한다며 너스레를 떤 내 연기력을 추앙한다!

다시 남편이 탁구를 가르쳐주겠노라 간 크게 선언한 그 때 얘기로 돌아간다. 구 남친은 처음 몇십 분 동안 초인적 인 인내심을 발휘해 제법 상냥하고 인자하고 체계적으로 탁구채 잡는 법, 공을 떨어뜨리는 위치, 어깨를 들어 올리 는 자세 등을 짚어주었다. "다시 해보자, 그럴 수 있다, 조 금은 나아졌다"라며 격려할 때의 나긋나긋함이란 놀라움 그 자체였다.

그러나 평소 구 남친의 급한 성격을 익히 아는 나로서는 저 친절이 얼마나 오래 유지될 수 있을지 불안한 마음까지 더해져 몸은 더 말을 듣지 않았고, 등과 이마에서는 식은 땀이 흐르기 시작했다.

예상대로 구 남친은 오래 참지 못했다. 아니 참고 싶은 의지는 여전했을지언정 표정과 몸짓은 이미 한계치를 넘 어가 있었다. 차라리 그만하자고 말할까 어쩔까 고민하면 서도 계속 공을 주우러 동분서주하고 있자니 그가 드디어 활화산 터지듯 폭발하고 말았다. 그는 왼손으로 공을 떨어뜨린 뒤 오른손에 든 탁구채로 쳐 넘기며 나를 향해 사자후를 터트렸다.

"아니, 다른 걸 하라는 것도 아니고, 이게 어떻게 안 될 수가 있지, 엉?"

끝내 구 남친은 나를 탁구계에 한 발도 들여놔 주지 못한 채 그날 일과를 마무리해야 했다. 남편에게 운전을 배우는 아내들이 느꼈음직한 자존심 상하고 비참하고 원망스럽고 서러운 온갖 감정을 느끼며 이 남자와 계속 만나야 할지 말아야 할지를 고민하는 내게 구 남친은 그날 결정적인 말을 남겼다.

"얼른 가방 챙겨서 노래방 가자. 너도 오늘 한 번은 기가 살아보고 집에 가야 잠이 올 거 아니야."

그렇다, 남편은 구제불능 음치였던 것이다. 이 한마디만 하지 않았어도 구 남친이 현 남편은 되지 않을 수 있었는데, 아깝다.

몸치가 직면하는 편견들

나는 몸치임을 비교적 당당하게 밝히는 편이다. 뒤늦게 몸치임이 밝혀지고 부끄러워지느니 이른 커밍아웃으로 '그래도 생각보다는 덜하다'는 위로를 받는 게 정신건강에 더 낫기 때문이다.

대학 신입생 때 단과 체육대회가 있었다. 대학을 가지 않겠다고 작정했던 시간이 무색하게 입학 후 물 만난 물고기처럼 학교를 휩쓸고 다니는 나를 보고 주위에선 당연히 운동도 잘하리라 기대한 모양이었다. 선배들은 나를 온갖 경기의 메인선수로 발탁해놓고 우리 과를 빛내달라고 압력을 가했다. 장차 우리 과에 닥칠 재앙을 필설로 하는 것보다 한 번의 뜀박질이 효과가 있었다. 운동장을 한 바퀴 돌고 나서 가쁜 숨을 몰아쉬는 걸 보더니, 선배들은 만장일치로 나의 포지션을 메인선수에서 응원단장으로 바꿔주었다.

그렇다, 성격이 명랑하면 스포츠에도 능하리라는 건 편견이다. 이번 기회에 몸치인 내가 받는 편견 몇 가지를 소개해볼까 한다. 세상 모든 몸치가 동의할지는 모르겠지만.

첫째, 몸치는 체력이 약할 것이다? 천만에. 나는 오히려 체력이 굉장히 좋은 편에 속한다. 부모님께 물려받은 가장 큰 장점이 아닐까 한다. 체력이란 단어를 사전에서 찾아보면 '육체적 활동을 할 수 있는 몸의 힘. 또는 질병이나 추위 따위에 대한 몸의 저항 능력'을 의미한다고 나와 있다. 그렇다면 내가 자랑하는 체력은 후자에 무게가 가 있다. 나로 말할 것 같으면 초등학교 6학년 때 시행한 결핵 반응 검사에서 유일하게 항체가 있다는 결과가 나와서 어깨에 불주사(BCG 예방 주사인 모양이다)를 맞지 않은 우리 반 유일의 학생이었다. 또 간염 자연항체도 있다. 그래봤자 코로나는 백신을 다섯 번 맞고도 두 번이나 걸리고 말았으니 '옛날의 금잔디'이지만.

둘째, 몸치는 리듬감이 없을 것이다? 그렇게 오해하면 진짜 억울하다. 아닌 게 아니라 어린 시절에 고무줄놀이나 '꼬마야 꼬마야' 게임처럼 제법 리듬감을 요하는 활동을 잘 못 하기는 했다. 그러나 그건 몸이 말을 듣지 않아서이지 리듬감이 없어서는 아니다. 오히려 리듬감을 기본으로 하는 활동에서는 남보다 앞선다. 못 믿겠으니 예를 들어보라고? 에어로빅, 사물놀이, 댄스, 악기 연주, 제로 게임이나 공공칠빵 같은 단체 게임들은 꽤 잘한다.

셋째, 몸치는 게으를 것이다? 나는 느긋함을 몰라서 가끔 게으르고 싶을 때가 있다. 이건 차라리 나의 단점이다. 빨리 결정하고 처리하고 평가해서 손해 보는 경우가 가끔 있다.

넷째, 몸치는 사회성이 부족할 것이다? 이건 4차 산업 시대에 발맞춰 챗GPT한테 몸치가 가질 수 있는 편견을 말해달라고 해서 받아든 항목일 뿐 내게 해당되는 내용은 아니다. 그러나 나이가 들면서 선택적으로 사회성을 떨어뜨리기는 한다.

다섯째, 여자는 대체로 몸치이다? 이 항목 역시 챗GPT가 제시한 것이다. 여기에 내가 일조한 것 같아 전 세계 여성에게 미안할 따름이다.

여섯째, 몸치는 겁이 많을 것이다? 반은 맞고 반은 틀리다. 나는 놀이기구를 정말 잘 탄다. 범퍼카나 회전목마, 대관람차는 시시하고, 바이킹이나 자이로드롭 또는 롤러코스터 정도는 돼야 이거 바람을 좀 가르는구나 한다. 한번은 바이킹을 그냥 타기가 심심해서 아들과 누가 일부러 더 크게 비명을 지르는지 내기를 했다. 내가 이겨서 500원을 땄다. 요즘은 서울랜드의 스카이엑스나 대구 이월드의 메가 스윙이 그렇게 무섭다는데 안 타봐서 모르겠다. 놀이공원 안 간 지 심리적으로 백만 년은 된 것 같다. 몸만 말을 잘 들었다면 스카이다이빙, 암벽등반, 번지점프 등 각종 익스트림 스포츠를 섭렵했을 텐데 그러지 못해 아쉽다. 그러나 지금까지 목숨을 부지할 수 있었던 이유가 어쩌면 이런 위험한 스포츠를 도전할 수 없는 몸치여서일지도 모른다. 몸치로 만들어주신 부모님께 감사를!

하나 더, 나는 괴기 공포 호러 고어 슬래시 등 무섭고 끔찍하고 기분 나쁜 영화를 잘 본다. 손가락을 벌린 손으로 눈을 가리지도 않는다. 찔리고 잘리고 갈리고 눌리는 사람에게 감정이입이 되어 몸이 떨리기는 하지만.

일곱째, 몸치는 도전을 두려워한다? 여섯째 항목과 겹치는 것 같은데, 이 역시 반반이다. 몸의 기능을 많이 발휘해야 하는 도전은 무서워한다. 나이가 들수록 한사코 피한다. 가령 평생 숙원인 자전거 타기는 끝내 못하고 말지도 모르겠다. 여러 번 시도해봤지만 못 타고 말았고, 지금 사는 곳에 자전거학교가 있지만 작은 부상이라도 입으면 다른 일에 치명적인 지장이 있을 것 같아 시도하지 못하겠다. 그러나 걷기 정도만 가능하면 할 수 있는 도전은 전혀 두려워하지 않는다. 가장 최근에 한 도전은 닫힌 건물의 틈을 찾아 기어들어 가기였다. (불법은 아니었으니 신고하지 마시길.)

2장
님아, 당신이 간다면 나도 따라갑니다

터키보다 강력한 스트라이크

직장 다닐 때 동료들의 권유로 볼링 동아리에 가입한 적
이 있다. 당시에는 볼링인구가 꽤 많았다. 즉 친교활동을
하려면 볼링이 필수에 가까웠다. 마침 동아리에 가입하면
코치에게서 볼링의 기본기부터 배울 수 있다기에 또 선뜻
마음을 냈다.

나는 어떤 운동을 배우든 자세를 잘 만든다는 말을 빠지
지 않고 듣는 편이다. 손 모양이나 팔의 각도, 다리를 벌리

는 간격 등을 굳이 신경 쓰지 않아도 실적(?)이 좋은 사람들은 사소한 기술에 신경 쓰지 않지만, 나처럼 기본이 없는 사람은 아주 작은 디테일까지 놓치지 않아야 다른 사람과 조금이라도 비슷해질 수 있다고 여기기에 가르쳐주는 사람의 일거수일투족에 집중한다.

볼링도 마찬가지였다. 손가락 굵기와 무게를 고려하여 신중하게 볼링공을 고르고, 스텝 동작 전 공은 허리선 혹은 허리선보다 조금 더 높은 위치에서 잡고, 시선은 에임 스폿이라 부르는 화살표에 고정하고, 첫 스텝으로 내디딜 발을 뒤로 조금 빼주고, 왼손으로 볼을 받쳐 무게를 분산한다. 자세 점수만은 백 점이고, 눈빛의 매섭기만으로도 핀 열 개쯤은 문제없이 쓰러뜨릴 기세다.

신중에 신중을 기하는 준비자세 덕분인지 주변에 있던 사람들도 모두 나를 주시한다. 곧 큰 한 방이 터질 것 같은 긴장감이 감돈다. 왼손으로 오른팔을 보조한 채 한 발 한 발 앞으로 나아가 왼 무릎을 약간 구부리고 오른 다리는 죽 펴서 왼쪽으로 보낸다. 무용하듯 혹은 무술 시범을 보이듯 볼링공을 쥔 오른팔을 아래로 내린 뒤 뒤로 올렸다가 공을 정확한 지점에 내려보낸다.

이제 몇 초 동안 공이 도르르 굴러간 다음 '파바박' 핀들이 옆으로 쓰러지는 소리만 들리면 된다. 그런데 그게 그리 쉬울 리가. 공은 1,2초 구르다 말고 (일명) 옆 도랑으로 빠져서는 민망할 정도로 천천히 '트르르' 굴러가 버린다.

숨죽이고 지켜보던 관중은 차마 웃지도 못한 채 "아" 하고 단말마의 비명을 터트린다. 그러고는 힘없이 돌아서 자리에 와 앉는 내게 격려의 말을 건넨다.

"너무 긴장해서 공을 밀어낼 힘이 없었나 봐, 다음엔 잘될 거야."

경험상 격려는 한두 번이면 족하다. 격려의 말은 생명력이 길지 않다. 비슷한 내용의 격려가 서너 번 이어지면 격려를 하는 사람이나 받는 사람 모두 진정성을 잃는다. 그것도 가까운 시간 안에 몇 차례 시도를 더 해야 하는 볼링 게임에서는 더더욱.

첫날 볼링공으로 핀 하나 넘어뜨리지 못하고 게임을 마무리하게 됐을 때 코치가 내게 말했다. 볼링이 잘 맞지 않는 것 같은데 다른 스포츠를 하는 게 어떠냐고. 불굴의 의지를 가진 학습자에 비해 코치는 너무 쉽게 학생을 포기하려 해서 속으로 무지하게 분했지만, 겉으로는 웃으며 조금 더 해보고 결정하겠다고 말했다. 코치의 이름이나 얼굴 생김새는 잊었는데, 그날 무척 난감해하던 그의 표정만은 기억난다. 앞으로 고생문이 훤하다, 나는 죽었구나, 이분 너무 무섭다 등의 감정이 크지 않은 얼굴에 고스란히 떠오르는 게 놀라울 지경이었다.

세상 모든 일이 그렇듯 도무지 늘지 않을 것 같던 볼링도 조금씩 늘긴 했다. 첫날 나의 뱃심에 무척 당혹스러워했던 코치도 늘 도랑으로 공을 빠트리면서도 씩씩(한 척)한 내게 마음을 열고 열심히 코칭해주었다.

어떤 일에서 내가 다른 사람들보다 월등하게 실력이 떨어질 땐 다른 사람과 경쟁하려 들면 안 된다. 그러면 추동력과 자신감을 잃고 쉽게 포기해버리기 쉽다. 비교의 대상이 오직 나뿐이어야 한다. 어제의 나보다 오늘의 내가 조금이라도 나아지면 그걸로 만족해야 한다. 항상 그런 자세를 견지하지는 못했지만, 볼링을 할 때는 확실히 그랬던 것 같다. 그리고 학창시절 친구보다 더 친밀했던 동료들의 응원에 힘입어 나의 볼링 실력은 병아리 눈물만큼 조금씩 나아져 갔다.

볼링장을 드나든 지 한 달쯤 지났을까, 실수든 어쨌든 내가 던진 공에 핀 열 개가 쓰러졌다. 스트라이크였다. 온 볼링장이 떠나가도록 기립박수가 터져 나왔다. 옆 팀에서 무슨 일인지 궁금해 웅성거리는 소리가 들렸다. 전광판에 터키(핀 열 개를 말끔히 넘어뜨리는 스트라이크가 연속 세 번 계속되는 것)가 뜬 것도 아닌데, 저 동네는 왜 저러나 의아해하는 표정들이었다.

이보셔요, 세상에는 터키보다 더 강력한 스트라이크도 있답니다.

지금 같으면 그런 기념비적인 날에는 동아리 전체를 이끌고 호프집에 가서 골든벨이라도 울리며 자축했을 텐데, 이십 대 중반의 나는 그 정도로 배포가 크지 않았다. 그저 기뻐서 폴짝폴짝 뛰며 모두와 하이파이브를 한 게 전부였다.

그 뒤로는 볼링 실력이 일취월장했냐고? 설마!

골프도 운전도 미련곰탱이처럼

남편의 오랜 친구들이 제발 골프를 배워서 함께 필드에 나가자고 남편에게 권유를 하다 하다 지쳐 남편과 나를 집 근처 골프연습장에 등록시켜주었다. 석 달 동안 골프를 배울 수 있게 비용까지 미리 다 지불해 놓았으니 이 정도면 안 하곤 못 배기리라 생각을 짜낸 거였다.

남편은 이번에야말로 깊이 감동했는지 처음에는 평소와 달리 열의를 보였다. 그렇지만 나나 남편, 심지어 골프연습장 비용을 지불해 준 남편 친구들조차 남편의 지속력(?)에는 반신반의했다. 과연 남편은 3주 차부터 갖은 핑계를 대며 연습을 빼먹었고, 4주 차부터는 나 혼자 연습장에 다녔다.

물론 친구들에게는 일이 있네, 몸이 아프네, 핑계를 댔지만, 남편은 매일 로봇처럼 그 작은 골프공을 가지고 똑딱거리는 게 도무지 견딜 수 없다고 했다. 나는 체질에 맞고 안 맞고를 따지기 전에 누군가가 내게 새로운 걸 배우게 해줬다는 데 몹시 감사해서, 고유의 특장점을 발휘해 천재지변이 일어나지 않는 한 꼬박꼬박 출석할 결심을 했다.

늘 내 몸은 내 마음과의 합의점을 찾지 못하고 평행선을 달리므로 열흘쯤 골프공을 똑딱거렸더니, 속 시원히 골프채 한 번 휘둘러보지 못했는데도 안 쓰던 근육을 써서인지 몸 여기저기에서 신호가 왔다. 주먹이 쥐어지지 않았고(이런 경우는 많다고 들었다), 사지가 뻐근했으며(이런 경우도 드물지는 않다고 했다), 왼팔의 혈관이 터져 마치 혈관이 어떻게 생겼는지 알아보기 위해 펜으로 칠이라도 한 듯 시퍼렇고 긴 피멍이 들었다. (티칭프로가 이런 경우는 오랜 레슨 경험으로도 처음이라며 몹시 신기해했다.)

그러나 세상에 나쁘기만 한 일은 없다. 골프공 좀 똑딱거렸다고 팔의 혈관이 터지는 기이한 학생으로 각인되고 나자, 프로가 나를 각별히 신경 써주기 시작했다. 마침 사람들이 연습장을 많이 찾지 않는 오전 시간이어서, 프로와 나는 거의 일대일이나 다름없는 수업을 했다.

프로는 내가 기본적으로 팔 힘은 없고 운동신경은 둔하며 몸에 힘이 잔뜩 들어가 있어서, 아주 기본적인 것부터 천천히 조금씩 진도를 나갈 수밖에 없다고 했다. 흔쾌히 동의했다. 안 그랬던 적이 없으니까. 말은 그렇게 해도 대부분 마음이 조급해져서 얼른 다음 단계로 넘어가고 싶어 한다는 걸 알기에 프로도 별 기대를 하지 않았던 것 같다.

그러던 어느 날, 어떤 기본기였는지는 기억나지 않는데 그날도 아주 간단한 동작을 계속 연습하라는 명령이 떨어졌다. 휴우, 한숨이 났지만 그게 똑딱똑딱이든, 탁탁이든, 슝슝이든 하라는 대로 할 수밖에 없었다. 시간이 얼마나 지났을까, 지시를 내리고 잠깐 자리를 비웠던 프로가 돌아와 나를 보고는 깜짝 놀랐다. 여태 이걸 계속하고 있었느냐고. 나는 왠지 내가 너무 미련곰탱이 같아서 시무룩해졌다.

여러 해 전에는 이런 일이 있었다. 운전학원에 다닐 때였다. 사람의 앞일은 어찌 될지 모르니 트럭으로 야채장사라도 할 수 있게 1종 보통에 도전했다. 코스 시험에서 한 번 떨어지고 나서 태산처럼 걱정을 하고 있자니, 남편이 코스와 주행 연습을 시켜주겠다고 했다. 앞서 언급했던 탁구

사건도 있어서 웬만하면 남편한테 뭘 배우고 싶진 않았지만, 내 코가 석 자라 또 따라나섰다.

역시나 남편은 얼마 지나지 않아 초반의 나긋나긋함은 옆집 개한테 줘버리고 버럭버럭 소리를 지르기 시작했고, 나는 이럴 줄 알면서도 따라나선 스스로를 타박했다.

그러든 말든 마음을 잘 먹지 않아 그렇지, 한 번 결심했다 하면 식음을 전폐하는 한이 있어도 목표한 바를 달성하고야 마는 남편 교관의 지옥훈련은 계속됐다. 날 잡은 김에 코스는 물론이고 주행에서 등반과 정지하는 기술까지 말끔하게 익히고 끝을 내야 한다고 열을 올렸다.

게으른 남편에게도 몇 년에 하루씩 '부지런' 신이 강림하는 날이 있는데, 나는 보통 그런 날은 해가 지지 않기를 바란다. 집을 고치든, 손님을 초대하든, 아들과 놀아주든, 그런 날에는 남편이 작심하고 열과 성을 다하는 까닭이다. 그러나 그 일요일 오전, 사람 없는 공단을 차로 수도 없이 빙빙 돌며 나는 부디 남편이 마음을 바꿔먹고 이제 그만 집에 가자고 말해주기를 간절히 바랐다.

그러나 바람도 헛되이 남편은 집에 가자는 말 대신 만신창이가 된 내게 등반 연습을 하러 가자며 오르막과 내리막의 구분이 확실한 도로로 차를 몰게 했다. 그러고는 학원에서 등반하는 법을 어떻게 배웠느냐고 물었다. 배운 대로 경사진 길의 꼭대기에서 일단 차를 멈춘 뒤, 밟고 있던 브레이크와 액셀러레이터에서 동시에 발을 탁 떼면 트럭이 등성이를 훌쩍 뛰어넘어간다고 말했다.

그 순간, 남편이 버럭 고함을 지르며 이 여자가 무슨 말도 안 되는 소리를 하느냐고 화를 냈다. 어느 포인트에서 내가 잘못했는지 알 길이 없는 나는 눈만 끔뻑거리며 남편을 쳐다봤다. 남편은 그렇게 하면 차가 뒤집힐 텐데, 학원에서 그렇게 가르쳤을 리가 있겠냐며 다시 생각해보라고 했다. 그 전에 운전이라곤 해본 적 없는 내가 학원에서 들은 말 외에 다른 걸 기억해낼 도리가 없어서 '진짜, 정말, 틀림없이' 학원에서 그렇게 말했다며 억울해했다.

남편은 강사가 하는 말도 제대로 알아듣지 못하는 사람이 무슨 운전이냐며 길길이 날뛰었지만, 나는 들은 게 그것밖에 없다는 말만 반복했다. 실랑이 끝에 남편이 '그럼 죽을 각오하고 그 방법을 써보자'고 엄포를 놓고는, 위험할 수 있으니 자기가 운전대를 잡겠다고 했다.

운전석과 조수석을 바꾼 뒤 남편이 내가 말한 방법대로 등성이에서 브레이크와 액셀레이터를 동시에 뗐더니 트럭이 꿀렁하면서 넘어갔다. 남편은 그 방법이 통한다는 데 놀라서 "어, 이게 정말 되네!"라며 신기해했다. 그제야 조수석에 앉아 초조해하던 내가 한마디 했다.

"다른 방법을 얘기하고 싶어도 들은 게 있어야 말이지, 왜 내 말을 안 믿어?"

그때는 몰랐지만, 그 등반 요령은 내가 다닌 운전학원에서 암암리에 전파하는 '합격률을 높이는 비기(秘技)'가 아니었나 싶다.

다시 골프 얘기로 돌아온다. 운전을 배울 때처럼 골프연습장에서도 나는 그다음 과정에 대한 설명을 듣지 못했기에 하라는 대로 하고 있었을 뿐인데, 프로는 지나칠 만큼 기본기를 강조하는데도 내가 싫증 내거나 앞서가지 않고 자기를 존중해주는 게 참 고마웠던 모양이었다. 역시 남을 가르쳐본 사람이라 다르다는 말까지 덧붙이며 나의 우직함과 성실함에 박수를 보내주었다.

각설하고, 예정된 석 달의 연습장 교육이 끝나갈 때쯤 티칭프로가 말했다. 내가 얼마나 운동신경이 둔한지 알고 있느냐고. 모르고 싶어도 모를 수 없을 만큼 많이 겪고 들어서 당연히 안다고 답했다. 이번에도 골프 말고 다른 스포츠를 권하려는 거라면, 걱정 말고 얘기하라고 담담하게 말했다.

프로는 여태 수백 수천 명을 교육해봤지만, 나만큼 운동신경이 둔한 사람은 거의 보지 못했다고 했다. 올 것이 오겠구나 싶었다.

그런데 그는 비록 내가 운동신경은 둔하지만, 기본기 익히기를 게을리하지 않고, 잘 안 되는 동작이 있으면 왜 안 되는지 물어보고 고쳐가며 끈기 있게 연습한 결과, 아마추어로서는 가장 높은 단계에 올라 있다고 했다. 믿을 수 없었다. 내가 공을 그렇게 멀리 보내지 못하는데 그럴 리가 있느냐고 했더니 당장 공이 멀리 가고 안 가고는 중요하지 않다고 했다. 자세에 얼마나 공을 들이는지, 공의 어느 부분을 맞추는지, 강약조절을 어떻게 하는지가 중요한데 나는 그걸 절대 허투루 하지 않는다고 했다.

　"정말요? 진짜요? 진심이에요? 감히 상상도 못 했어요."

　나는 기쁨을 감추지 않았다. 살면서 몸을 움직여 하는 일에서 이런 소리를 들을 줄은 꿈에도 몰랐기에 여러 번 다시 물어보았다. 그러곤 내 피와 근육과 장기와 세포와 지방에 그 말이 잘 스며들도록 고이고이 간직해두었다. 살면서 용기가 꺾일 때 슬그머니 꺼내 볼 요량으로.

게으름뱅이 남편의 스쿠버다이빙 할 결심

어느 날 외출했던 남편이 돌아와 폭탄선언을 했다. 바로 다음날부터 스쿠버다이빙을 배우기로 했다는 것이다. 나는 너무 어이가 없어 콧방귀를 끼며 요 근래 들은 말 중에서 가장 웃긴다며 비웃었다.

그러나 남편은 이미 강사와 통화해 첫 수업 약속까지 잡았다며, 자기는 마음을 정했으니 할 의향이 있으면 같이 가자고 했다.

남편이 어떤 사람인가. 옛날에는 꽤 영민하고 샤프했으며 운동도 잘했다는 게 친구들 사이에서 전설처럼 떠돌아다니지만, 만난 지 당시 20년이 넘도록 나는 한 번도 남편이 부지런히 몸을 날리는 걸 본 적이 없었다. 나와 골프, 헬스, 등산 등을 같이 시작은 해봤지만, 며칠 지나면 늘 나 혼자 하고 있기 일쑤였다. 그런 남편이 다른 것도 아닌 힘들고 거추장스럽기로 소문난 스쿠버다이빙을 하겠다니 놀랍기보다 어이가 없고 우스웠다. 특히 스쿠버다이빙 같은 고급스포츠는 어쩐지 우리 몸에 맞지 않는 옷 같기만 했다.

남편이 스쿠버다이빙을 하리라 결심한 데는 나름의 이유가 있었다. 첫째, 수영이든 뭐든 보통은 물에 뜨라고 하는데, 스쿠버다이빙은 물에 잘 가라앉으면 된다고 하니 귀차니스트인 자기한테 꼭 맞다. 둘째, 몇 달을 꾸준히 훈련해야 흉내라도 낼 수 있는 다른 스포츠와 달리 장비와 수중 환경과 몸의 관계 등을 잘 이해하면, 며칠의 수영장 교육과 바다 실기만 마치고도 바로 초보다이버로 인정받을 수 있다. 셋째, 남편은 인간관계가 좁고 깊어 좀처럼 새로운 사람과 흉허물없이 지내지 못하는데, 오랜만에 아주 마음에 드는 사람을 만났고, 그가 스쿠버다이빙 마니아여서 남편이 다이빙에 입문할 생각이 있다면 힘껏 돕겠다고 약속했다.

이 세 가지 이유로 다른 어떤 스포츠에서도 느끼지 못한 매력에 끌려 숨쉬기 운동의 최강자인 남편이 다이빙을 해보자는 마음을 냈다고 했다. 아무리 운동신경이 둔해도 기본적으로 늘 체력 단련을 하고 있는 '세상 부지런한' 나로서는 따라나서지 않을 이유가 없었다. 그즈음 우리 집에 자주 놀러 오던 멀대 같이 키 큰 사과농장 노총각 사장도 합류하기로 했다.

그렇게 디이빙온커닝 당시 강가에 살았어도 물에 발조차 담그지 않던 분지 출신의 우리 부부와 시골 출신이라 개헤엄 정도는 자신 있다는 노총각이 수영장 교육에 들어갔다.

차로 한 시간 거리의 실내수영장으로 다이빙 교육을 받으러 갈 때까지는 좋았다. 오전 필기 교육이 끝나면 오후에는 바로 실기 교육에 들어갈 테니 점심 될 만한 걸 준비해오라고 해 마트 가서 장을 볼 때는 나들이라도 가는 양 신이 났다. 앞으로 어떤 환란이 펼쳐질지 아는 누군가가 우리를 봤다면, 참으로 안쓰러웠을 것이다. 그래, 웃을 수 있을 때 실컷 웃으라고 격려해주었을지도 모른다.

원조 문과생인 내게는 필기 교육도 쉽지는 않았다. 압력이니 조류니 질소 농도니 하는 것들이 고등학교 때의 화학이나 물리 수업 비슷했다. 학창 시절에는 모르면 모르는 대로 지나갔고, 수업 시간에는 잤고, 시험은 망쳤으며, 시험 결과가 나오면 문과생이 수학과 과학을 해야 하는 현실을 탓했다. 그러나 이젠 모르면 안 됐고, 예전과는 달리 질문할 용기는 있어서 사사건건 질문하고 고개를 애매하게 끄덕여가며 겨우 필기 교육을 끝냈다.

주변의 도움으로 복잡한 건 무시하고 꼭 필요한 내용들만 단순하게 정리했다. 수면에서 10미터 아래로 내려가면 압력이 1기압 줄어드니 부력조절장치에 공기를 넣어주어야 하고, 몸이 뜨면 공기를 빼주어 가라앉게 해야 한다. 물속에서 숨 쉴 수 있는 유일한 통로는 호흡기뿐이므로 어떤 경우에도 입에 문 호흡기를 놓쳐선 안 되고 호흡을 멈춰서도 안 된다. 입수해서 조금 내려가다 보면 압착이 생겨 귀가 아플 것이다. 그때는 손으로 코를 감싸 쥐고 귀로 공기를 불어내야 한다. 그걸 이퀄라이징이라고 한다. 이게 잘 안 되는데, 억지로 깊이 내려가면 고막이 터질 수도 있다. 이퀄라이징은 내려갈 때만 해야 하고, 올라올 때는 하면 안 된다. 수심 깊은 곳에 가 있다가 갑자기 수면으로 올라오면 압력 차 때문에 잠수병이 올 수 있다. 수심 10미터, 20미터에 있다 수면으로 올라올 때는 반드시 수심 5미터에서 3분간 안전 정지 후 올라와야 한다.

들으면 들을수록 무시무시한 말들뿐이었다. 내가 처음에

는 웃으며 시작했지만, 점점 눈에 초조한 빛이 역력했던지 무섭게 생긴 강사님도 격려해주기 시작했다. 듣기에는 무섭지만 막상 물에 들어가면 그렇게 힘들지만은 않다고, 수영장에서 하나하나 익힌 다음 될 만하다 싶을 때 바다에 나갈 테니 너무 걱정하지 않아도 된다고 했다.

첫날 필기 수업이 끝나고 점심시간이 되자, 서서히 걱정이 몰려오면서 입맛이 싹 가셨다. 연습용 다이빙 슈트와 장비를 미리 지급받았는데, 그 두툼한 고무 옷을 옆에 걸어두고 쳐다보는 것만으로도 소화가 되지 않고 심장이 벌렁거렸다.

장비를 풀 장착하고 5미터 풀에 입수하다

긴장으로 점심을 먹는 둥 마는 둥 했다. 여자 탈의실에 가서 수영복부터 입고 와야 했는데, 나는 그때껏 공공수영 장은 물론이고 대중목욕탕, 심지어 당시 전국을 강타했던 찜질방에도 거의 가지 않던 사람이었다. 게다가 시력까지 나빠 어디서 뭘 어떻게 해야 할지 어설프기만 했다.

수영복을 갈아입은 후 쭈뼛쭈뼛 깊이 5미터 풀 앞에 도착해 다이빙 슈트를 입었다. 쫀쫀하고 두꺼운 고무 옷에는 손목 발목 하나 매끈하게 들어가지지 않았다. 몸과 슈트에 물을 묻혀 가며 억지로 몸을 구겨 넣었지만, 팔을 옆구리에 붙일 수도 없었고 걷기조차 힘들었다. 온몸에 석고를 부어 말린 것 같았고, 팔다리 움직임이 로봇 같았다.

이제 장비를 착용할 시간. 슈트 위에 공기통과 호흡기가 연결된 조끼처럼 생긴 부력조절장치를 입어 몸에 맞게 조절하고, 수경을 끼고, 오리발까지 신어야 장비가 다 갖춰진다. 아, 고무슈트에 부력이 있으므로 몸이 물에 잘 가라앉을 수 있도록, 허리에 미리 납도 차고 있어야 한다. 다이빙에 익숙한 정도와 체중에 따라 허리에 차는 납의 무게는 조금씩 다르지만, 보통 4kg에서 10kg까지 나누어 찬다.

장비를 모두 착용하고 물가에 서니 두려움에 호흡은 점점 더 곤란해져서 거친 숨만 바투 내뱉었다. 다행인지 불행인지 옆에 있던 남편과 사과밭 노총각도 힘들어 보이긴 마찬가지였다. 강사님이 우리 상태를 확인하더니 차라리 얼른 물에 들어가 조금이라도 편해지자고 했다. 물 밖에서는 공기통이 포함된 장비를 메고 있으면 몹시 무겁지만, 물 안에서는 무게가 거의 느껴지지 않는다면서.

풀 끝에 서서 똑바로 멀리 내다보며 한 손으로는 수경과 호흡기가 빠지지 않게 누른 채 보폭을 크게 해서 걷듯 앞으로 몸을 내밀면 자동으로 입수가 된다고 했다.

"입수! 입수!"

인상 험악한 강사님이 아무리 입수하라고 불호령을 내려도, 이젠 어차피 물에 들어가는 수밖에 없으니 얼른 발을 떼자고 나 자신을 구슬려도, 무슨 일이 생기면 주위에서 도와줄 테니 죽을 일은 없다고 스스로를 다독여도, 발은 바닥에 붙박여 단 1센티미터도 움직이지 않았다.

한참을 쩔쩔매다가 죄송하지만 풀 끝에 앉아서 엉덩이를 밀어 물에 들어가면 안 되겠느냐고 간청드렸더니 그렇게라도 하자고 했다. 겨우 물에 들어갔지만, 몸의 어느 부위도 땅에 닿지 않자 더 큰 불안이 엄습했다. 내가 입은 슈트에 부력이 있고, 공기통에 든 공기가 호흡기를 통해 내입으로 전해지고 있으니 편안히 숨만 쉬면 살 수 있다는 이론 따위는 하나도 소용이 없었다. 수경을 꼈으니 눈을 떠도 됐지만, 눈을 뜨면 물이 쏟아져 들어올 것 같아서 눈을 1초 떴다가 다시 질끈 감곤 했다.

다음 지시를 기다리는 동안 몸을 뒤집어 천장을 보고 누워 편안히 호흡을 조절하고 있으라고 했지만, 몸이 돌아가지 않았다. 온몸을 감싼 거대한 장비 때문에 아무리 몸을 틀어도 요지부동이었다. 몸이 뒤집히면 위험하므로 어떻게든 몸을 땅에 붙이려고 안간힘을 쓰는 거북이와 비슷한 꼴이었을 터였다.

불안해서 숨은 가빠지고 몸은 가라앉았으며, 장비 작동법이나 호흡 조절에 미숙한 나는 그저 원초적 본능에 따라 살고자 몸을 퍼덕거리는 등 제정신이 아니었다.

그때 이대로 두면 큰일 나겠다고 느낀 강사님이 재빨리 옆으로 와서 긴장하지 말고 영 무서워서 견딜 수 없으면 자기를 부여잡으라고 했다. 그 말에 구세주라도 만난 듯 덥석 달려들었고, 그 와중에도 어이없어하며 헛웃음을 웃는 강사님의 표정이 눈에 들어왔다.

일단 수영장 바닥까지 가야 다음 단계 훈련이 가능하다며 다른 건 강사님이 다 해줄 테니, 나는 호흡기가 빠지지 않게 꽉 물고 숨만 쉬라고 했다. 매달리듯 이끌리듯 수영장 바닥까지 갔지만, 부력 조절이 되지 않아 한쪽 무릎을 땅에 대고 앉을 수가 없었다. 개업식 때 가게 앞에 세워두는 홍보용 풍선처럼 몸이 상하좌우로 펄럭댔다. 강사님이 내려놓으면 1초도 안 돼 떠올랐고, 또 끄집어 내리면 뜨기를 반복했다.

그때 옆에서 누군가 내 손을 잡아당기는 게 느껴졌다. 강사님인가 했는데 남편이었다. 남편은 자기도 어찌할 바를 모르는 상황이었지만, 내 상태가 너무 보기에 안쓰러웠던지 손을 내밀었던 것이다. 당시 나는 남편과 사이가 좋지 않았는데, 남편의 손에 이끌려 바닥으로 내려가는 짧은 몇 초 동안 수십 년이 스쳐 지나가는 듯한 신기한 경험을 했다. 걱정하는 남편의 눈빛이 내 온몸의 혈관을 타고 도는 것 같았고, 그날 처음으로 이젠 조금씩 괜찮아질 것 같은 기분이 들기 시작했다. 평생 잊지 못할 순간이었다.

첫 수영장 교육을 마치고 나온 나의 몰골은 처참했다. 혹시 수경 안으로 물이 들어올까 봐 끈을 얼마나 조였던지 수경을 벗자 눈 주위가 벌겋게 피멍이 들어 판다 같았고, 부력 조절이 되지 않아 물에서 오르내리기를 수십 번 반복한 탓에 귀는 먹먹하고 머리는 어지러워 눈에 초점이 맞춰지지 않았다.

다른 데 신경 쓸 겨를이 없어 몰랐는데, 내가 교육을 받는 동안 수영장에 있던 모든 사람이 혹시 큰일이 벌어지지 않을까 조마조마해하며 나를 주시하고 있었다고 했다. 한마디로 나는 모든 사람을 긴장하게 하는 시선강탈자였다.

남들한테 부끄럽기보다 나 스스로 느끼는 자괴감이 더 컸다. 각종 스포츠 강사들로부터 이 운동에는 어울리지 않는 듯하니 다른 종목을 알아보라는 소리를 들었지만, 다이빙을 하고 나왔을 때와 비교하면 아무것도 아니었다. 아무리 지시사항을 명념해서 들어도 물속에서는 머리가 하얘지면서 아무 생각이 나지 않았고, 제아무리 용을 써도 속수무책이었다. 강사님은 한여름 태양 볕의 채소처럼 풀죽은 내가 가여운지 기분을 풀어주려고 농담을 했지만, 평소처럼 받아들여지지 않았다.

　며칠간의 수영장 교육이 끝나고 뒤풀이를 겸해 식사하는 자리에서 나는 수년 전에 가르쳤던 학생 얘기를 꺼냈다. 고3 남자아이였는데 다른 과목은 곧잘 했지만, 영어는 거의 난독증 수준이었다. 특히 사회와 과학에 관심이 컸던 걸 보면 이해력이 떨어지는 것도 아니었는데, 영어만큼은 기초적인 것도 어려워했다. 겨우 알파벳을 익힌 수준이었고 심지어 1, 2, 3인칭의 구별도 못했다. 단수와 복수의 개념은 나중으로 미루고 우선 인칭 개념부터 잡기로 했다.

　나 : 자, 인칭이라는 단어는 어렵지만 알고 보면 내용은 정말 쉬워. 들어 봐. (내 가슴을 두드리며) 나, 나는 일인칭이야. 영어로는 'I', 'I'만 일인칭이지. 세상에 일인칭은 나 하나밖에 없어. 자, 내 앞에 있는 너(검지로 아이를 가리키며), 너는 이인칭이야. 영어로는 'you'지. 그리고 나와 너를 제외한 세상 모든 건 삼인칭이야. 왜 싸울 때 그러잖아. 너랑 내가 싸우는데 자꾸 다른 사람이 끼어들려고 해. 그럼 뭐라고 하지? 제3자는 빠지슈, 이러잖아. 너와 내가 아니면 모조리 3자, 삼인칭이 되는 거야. 알았지? (내 바람이 간절해서인지 아

이의 표정이 약간 밝아지는 듯해서 희망이 생겼다.) 자, 그럼 이제 몇 인칭인지 말해보자. 엄마는 몇 인칭일까? (아이가 희미하게 웃으며 손가락 세 개를 폈다.) 맞아, 삼인칭. 이해하는구나, 잘했어. (단수 복수의 개념으로 넘어가려다 혹시나 하고 한 번 더 물어보았다.) 그럼 '나'는 몇 인칭이지? 아이는 나를 빤히 보며 다시 손가락 세 개를 폈다.

오마이갓, 나는 머지않아 결정을 내리고 아이의 어머니에게 말씀을 드렸다. 정녕 아이의 영어를 포기할 수 없다면 멀리 있고 경력 많아 수업료가 비싼 나 같은 선생보다 가까이 있어 자주 와서 영어를 그림처럼 눈에 익숙해지게 해줄 사람이 필요하다고.

내가 강사님께 그 얘기를 꺼낸 것은 내 다이빙이 그 아이의 영어와 비슷하지 않나 하는 생각이 들었기 때문이었다. 그 아이의 인지력이 영어의 인칭을 이해하지 못할 정도는 아니었지만, 전반적으로 두려움에 사로잡혀서 할 수 있는 것도 하려는 시도를 하지 못하는 건 아니었을까 싶기도 하다는 말까지 덧붙였다.

그 일화를 소개하면서도 내심 내가 그 정도는 아니라고 강사님이 말해주기를 기대했을지 모른다. 내 말을 다 들은 강사님이 내게 물었다.

"그 친군 해보겠다는 의지가 있었습니까?"

"아뇨, 엄마의 우격다짐으로 겨우 수업을 했지, 한 달 동안 의지를 보인 적은 한 번도 없었어요."

"그 차이뿐이군요. 그 친군 의지가 없고 사모님은 의지가 있을 뿐, 어느 한 분야에 완벽하게 무지한 건 같습니다."

뜨악, 공연한 소리를 해서 이런 팩폭을 당하다니. 괴로워하고 있는데 강사님이 내게 동아줄을 내려주었다.

"그러나 사모님께는 의지가 보이니 저는 포기하지 않을 겁니다."

나중에 친해지고 난 다음에 강사님은 고백했다. 포기하고 싶은 순간이 한두 번이 아니었노라고. 그리고 나도 고백했다. 나는 강사님의 말을 듣고 이 끈을 잡지 않으면 평생 '다이빙'이라는 단어만 떠올려도 짙은 실패의 기억을 떠올리며 개인적인 열패감에 빠지겠구나 싶어서 자존심이 상할 겨를조차 없었다고.

3장

그때 바닷속을 유영하던 나는
진짜 나였을까

아찔했던 첫 바다 입수의 기억

남들보다 수영장 수업을 며칠 더 한 뒤 우리도 바다에 가게 되었다. 다이빙을 하러 간 첫 바다가 무려 제주도였다. 우리처럼 수영장 교육에서 애를 먹은 사람들을 남해나 동해 같은 거친 바다에 데려가면 십중팔구 다이빙을 그만둘 공산이 크므로, 일부러 제주도에 갈 수 있게 최대한 일정을 맞췄다는 게 강사님의 빅픽처였다.

대학 졸업여행과 배낭을 메고 신혼여행을 다녀온 후로

제주도는 처음이라 굉장히 설렜지만, 관광이 아닌 첫 바다 입수를 앞두고 있었으므로 잔뜩 긴장했다. 게다가 그때가 마침 추석연휴 기간이어서 제주도 다이빙의 성지인 문섬과 끝섬에는 펭귄처럼 까만 슈트를 입은 다이버들로 발 디딜 틈이 없었다. 하늘 같은 선배 다이버들의 포스는 참으로 위풍당당했다. 슈트를 입고 물과 바위 위를 넘나드는 모습에서 자유로움과 전문성이 엿보여 눈과 입이 떡 벌어졌다.

그러다 갑자기 주변이 왁자지껄해지면서 섬 자체가 위로 몇 센티미터 들썩이는 느낌마저 들더니 일순간 공기가 싸해졌다. 이유인즉슨, 초보 다이버 한 명이 다이빙을 마치고 상승하다가 부력 조절에 실패하고 붕 떠버려 근처에 대기 중이던 선박의 스크루에 머리를 맞는 사고가 일어났다는 거였다. 급히 해양 경찰이 환자를 병원으로 후송했다고도 하고 이미 사망했다고도 했는데, 그 말에 온몸과 마음이 얼어붙었다.

긴장을 하자 여지없이 또 호흡이 거칠어졌지만, 말 그대로 인산인해인 곳에서 나 때문에 팀 전체의 일정을 망칠 수 없어 장비를 메고 수경과 오리발을 착용하고 갯바위 끝에 섰다. 발아래 철썩이는 파도를 보니 더 두려웠다. 잘못해서 한 박자 늦으면 밀려오는 파도에 휩쓸려 바위에 머리를 박을 수도 있으니 파도가 밀려 나갈 때를 틈타 몸을 날리라고 했다. 우물쭈물하는 사이에 파도가 여러 번 밀려왔다 밀려 나갔다.

바위 끝에 서서 멋지게 다리를 벌려 입수하는 건 포기하고 이번에도 바위 위를 엉금엉금 기어 물에 들어갔다. 평소에 워낙 고문관 같았던지라, 내가 입수하자마자 선배들이 긴장한 눈빛으로 주위를 에워쌌다.

드디어 오리발을 젓고, 부력조절장치에 공기를 넣었다 뺐다 해가며 공기통의 공기가 떨어질 때까지 1시간가량 바나를 유영할 시간이 도래했다.

수많은 다이버로 문섬 바다는 물 반 다이버 반이었지만, 나로서는 오히려 큰 행운이었다. 거칠 것 없는 망망대해였다면, 나를 봐줄 사람들의 눈이 다른 곳으로 향할까 봐 두려웠을 터였다. 물론 베테랑들은 어떤 환경에서도 초보들을 챙겨보고 있다고는 했지만. 특히 내 짝 다이버가 나 때문에 멀리 나가지 못하면 너무 미안할 것 같았다. 그러니 차라리 모두 제대로 속력을 내지 못하는 복잡한 바다가 내게는 더 나은 환경이었다.

그러나 복잡한 바다에도 의외의 복병은 있었다. 다이버가 워낙 많다 보니 걸핏하면 다른 사람의 오리발에 차였고 이리저리 부딪혔다. 여차해서 입에 문 호흡기가 빠져버리거나 수경이 벗겨지면 큰일이어서 죽기 살기로 입을 앙다물었고 주변을 쉴 새 없이 살폈다. 그렇게 앞뒤 옆 사람에게 떠밀리듯 바닷속을 돌았다. 다이빙을 마치고 수면으로 올라올 때는 수심 5미터에서 3분간 안전 정지를 해야 잠수병이 없다고 했는데 따로 멈추는 것 같은 느낌이 없어 불안했지만, 물속에서는 그런 말을 물어볼 수도 없고(입이 호흡기로 막혀 있으니) 그럴 정신도 없었다.

출수한 뒤 물어보니 수심 10미터, 20미터 내려갔다 올라올 때는 안전 정지를 해야 하지만, 별로 깊이 내려가지 않았고 사람들에 떠밀려 서서히 올라왔기 때문에 따로 감압이 필요하지 않았다고 했다.

물에 들어갔다 나오면 항상 질문이 많아졌다. 너무나 사소하고 어이없는 의문이었지만, 잘해보려는 게 기특했는지 모두 열심히 대답해주었다. 그때 내 나이가 이미 40대 중반이었으니 참 주책없어 보였을 테지만, 이것저것 가릴 형편이 아니었다.

그날 밤 숙소로 정해진 모텔 방에 세척한 장비를 죽 널어 말려놓고 지친 몸을 침대에 뉘었을 때 귀는 먹먹하고 머리는 어지러웠지만, 물속에서 끌려다니듯 지나가며 봤던 산호와 수초와 크고 작은 물고기들이 천장에 오락가락했다. 여전히 물속에 있는 것처럼 아른하고 몽롱한 기분이었다.

슬그머니 웃음이 났다. 비록 제대로 된 다이버는 못 됐지만, 입수를 포기하지 않은 스스로가 대견했다. 직접 바다에 들어가지 않고는 절대 내 눈으로 볼 수 없는 광경을 보고 왔다는 사실 자체에 황홀했다.

그러나 한편으로는 어렵게 휴가를 내고 다이빙하러 왔는데 고문관이자 폭탄인 나를 건사하느라 제대로 즐기지 못한 선배 짝 다이버한테 미안해 견딜 수가 없었다.

제주도에 다녀온 뒤 고기 뼈를 사서 정성껏 고아 비닐 팩에 나눠 담고 햇반도 한 상자 사서 나 때문에 고생한 노총각 선배 다이버에게 가져다주었다. 선배가 내게 베푼 은혜에는 비교도 안 되는 사소한 것이었는데, 그는 민망할 정도로 고마워했다. 덕분에 나도 앞으로 바다에서 누군가에게 도움을 줄 수 있는 단계까지는 꼭 가보고 싶다는 구체적인 목표가 생겼다.

바다 부흥회에서 남의 폰을 바다에 빠트리다

제주도에 다녀왔지만, 한동안 바다에 다시 들어갈 엄두를 내지 못했다. 시야가 좋지 않고 조류가 세기로 유명한 남해에서 우리가 다이빙에 도전하는 것은 무리수 같았다. 강사님은 다이빙을 하지 않더라도 배를 타고 나가서 남들이 하는 걸 보는 것만으로도 도움이 된다며 같이 가기를 청했다. 마침 남편이 다이빙할 결심을 하는 데 일조한 쾌남도 동행한다기에 얼굴도 볼 겸 따라나섰다.

다이빙하는 여성 인구가 늘고는 있지만 거친 국내 바다 다이빙에 도전하는 사람은 많지 않아서 배에 타고 보니 여자는 나뿐이었다. 게다가 펄렁펄렁 스커트 차림은 아니었지만 배를 타는데 흰 바지가 웬 말이며, 뾰족 힐은 아니지만 적당히 굽이 있는 샌들 차림이었으니, 자세 점수도 50점밖에 되지 않았다.

천신만고 끝에 수영장 다이빙 교육을 받고 첫 입수는 했지만, 아직 서슴없이 바다에 들어가지 못하는 초짜를 응원하기 위해 부흥회라도 연 것처럼 휴일이 아닌데도 그날 함께 다이빙에 나선 사람이 여남은 명이나 되었다.

공기통과 장비 가방과 아이스박스 등이 군대 훈련하듯 배에 실렸고, 곧 근처 섬으로 배가 출발했다. 다이버들은 어제 밤늦도록 술을 마셨는데 다이빙해도 될지 모르겠다는 둥, 이런 걸 바로 '해장다이빙'이라 부른다는 둥, 컨디션이 안 좋으면 가서 비타민 먹듯 호흡기에 대고 공기를 빨아먹으라는 둥 한바탕 왁자하게 농담하고 떠들더니 금세 배의 이쪽저쪽에 널브러져 잠을 청했다.

바닷바람을 온몸으로 맞으며 뱃전에 서 있자니 어릴 때 소원이 마침내 이루어진 듯 기분이 좋았다. 분지 출신인 나는 사춘기 시절 토요일 밤마다 같은 꿈을 꿨다. 다음날 일찍 일어나 꼭 혼자 기차를 타고 바다에 가리라. 가서 무엇을 하리란 계획은 없었다. 철썩이는 파도를 직접 눈으로 볼 수만 있다면 다른 건 아무것도 필요 없었다. 그러나 꿈은 꿈일 뿐 한 번도 혼자 기차를 타고 바다에 가보지 못했다. 그런 내 눈에 배를 타고 누워 자는 광경은 당최 이해가 되지 않았다.

한 시간쯤 지나 배가 목적지인 섬 근처에 다다르자 패잔병처럼 누워있던 다이버들이 벌떡 일어나더니 반드시 진지를 탈환할 것처럼 비장한 표정으로 장비를 챙기기 시작했다. 남편은 열심히 선배 다이버들의 잔심부름을 했고, 나는 동선에 방해가 되지 않으려고 조금 멀리 떨어져 있었다.

다이버들은 다이빙 한 횟수를 속칭 '깡'으로 센다. 공기통에 든 공기를 다 쓰고 올라오면 '한 깡 했다'고 표현한다. 그날 선배 다이버들은 모두 속전속결로 두 깡을 해치웠다.

돌아오는 길에는 선상파티가 벌어졌다. 배 타기 전에 낚시꾼들에게 산 횟감이 즉석에서 회 쳐졌고, 김밥과 술과 음료수 등이 케이터링 서비스처럼 펼쳐졌다. 옆에서 남편이 한마디 했다.

"마침 오늘 이 사람 생일입니다."

남편은 내가 제일 좋아하는 음식인 회와 김밥이 한자리에 놓였으니, 그날 내가 아주 끝장을 보겠구나 싶어 밑자락을 깔아주고 싶었던 모양이었다. 곧 축하 인사가 날아들었고, 나는 굳이 내 생일이 아니라는 사실을 확인해주지 않았다.

'회 좋아하고 뱃멀미하지 않고 성격 좋으니 이미 다이버'라는 부추김에 하하 호호 웃어가며 회와 김밥을 흡입하다 보니 배가 선착장에 도착했다. 배에 탈 때는 서먹서먹해서 멀찌감치 서 있었지만, 이미 '한배를 탄' 멤버로서 나도 뭔가 도움이 되고 싶었다. 배에서 균형도 제대로 못 잡는 주제에 무거운 물건은 못 들겠고 만만해 보이는 상자 하나를 들어 올려 배에서 내리려는데, 누군가 땅에 있던 휴대폰을 주워서 그 상자 위에 올려주었다.

'이거 자칫 위험하겠는데…'라고 미처 생각을 끝냇기도 전에 상자 위에 불안하게 올려져 있던 휴대폰이 바로 내 눈앞에서 단 2초 만에 미끄러져 바다로 풍덩 빠져버렸다. 휴대폰을 올려준 사람과 나는 놀라서 입만 떡 벌리고 있다가 뒷사람에게 떠밀려 배에서 내렸다.

곧 내 휴대폰 본 사람 없느냐는 누군가의 외침이 들렸고, 나는 범행을 자백하고 처분을 기다렸다. 나한테 휴대폰을 올려준 사람은 가만히 있는데, 내가 나서서 '저 사람 때문'이라고 핑계를 댈 수는 없어서 아무 말 하지 않았더니, '휴대폰 바다 투기 사건'은 거의 나의 단독범행으로 굳어지고 있었다.

행복했던 하루가 면목 없고 쓰라린 날로 바뀌어버렸다. 그날 유독 내 기분을 잘 맞춰주던 남편은 얼굴이 딱딱하게 굳었고, 나는 돌아오는 차 안에서 포승줄에 묶인 죄수마냥 한마디도 못 했다. 바닷바람에 봉두난발이 된 머리를 쓸어 귀 뒤에 꽂을 생각도 못 할 만큼 풀이 죽은 채 집까지 왔다.

　다행인지 불행인지 바다에 빠진 휴대폰의 주인은 우리를 다이빙계에 들여놓은 쾌남이었고, 더 다행스럽게도 그는 휴대폰 업자였으며, 가장 다행스러운 일은 그는 지금도 우리와 십 년 넘도록 가깝게 지내고 있다는 사실이다.

아무리 그래도 2주면 될 줄 알았지

　다이빙은 하지 않고 배를 타고 두어 번 따라다닌 뒤 남편은 국내에서는 안 되겠던지 해외 다이빙리조트와 항공권을 알아보기 시작했다. 2주 동안 집중적으로 다이빙만 해보자는 거였다. 첨언하건대, 2주 동안 다이빙하러 해외에 간다고 하면 우리더러 참 팔자 좋다고 말하리란 걸 안다. 그러나 우리는 집이나 좋은 차, 명품 등에는 거의 가치를 두지 않고 관심도 없다. 대신, 하고 싶은 걸 하는 데는 남들보다 덜 주저하는 편이다. 얼마 전에 본 영화 「소공녀」의 '미소'가 좋아하는 위스키와 담배를 위해 집을 포기하는 것과 비슷하다고나 할까? 한마디로 선택의 문제라는 것이다. 더구나 당시 우리는 모든 걸 잃었기에 더 나빠질 게 없다고 생각할 때였고, 마침 우리 부부가 디지털유목민으로 살기에 적합한 직업을 가졌기에 가능한 일이기도 했다.

필리핀 세부에서 차로 서너 시간 거리의 오슬롭 J 다이빙 리조트에 도착했다. 동남아 국가는 처음이었지만, 열대 바다의 아름다움에 도취하거나 야자수 그늘에서 먹고 마시며 쉬는 여유는 내게 사치라 여기기로 했다. 이번 기회에 기필코 다이빙을 마스터하고 싶었다. 하루 세 번 다이빙은 기본이었고, 새벽 다이빙과 해 질 녘 다이빙도 기회가 있으면 놓치지 않았다.

우리가 무려 2주라는 시간을 다이빙에 바치는 이유를 설명하자 다이빙 업계의 산증인이었던 리조트 사장님도 적극적으로 도와주셨다. 나는 모르는 만큼 더 알고 싶었고, 안 되는 만큼 더 부딪치고 싶었다. 조류가 세서 불안할 때는 가이드에게 딱 붙었고, 숙련된 다이빙 기술을 요구하는 동굴 같은 곳에는 들어가지 않겠다는 사인을 보낸 뒤, 바위를 붙잡고 서서 다른 사람들이 다녀오기를 기다렸다.

어느 날 모 기업 동호회 팀과 함께 다이빙을 하게 되었다. 첫 다이빙 때 내가 장비를 챙겨 착용하는 모습을 보고 그들끼리 수군거렸단다. 저분은 다이빙 고수가 분명하다고. 하긴 내가 준비 점수는 늘 백점이니까. 나중에 그들에게 나의 길지 않으나 험난했던 다이빙의 역사에 관해 이야기해주고 같이 한참을 웃었다.

다이빙을 하고 남는 시간에는 근처로 동네 탐험을 나섰다. 지금은 많이 변했을 테지만, 십여 년 전만 해도 필리핀의 작은 마을 사람들은 꽤 순박했다. 리조트 앞 작은 구멍가게에 가서 냉장도 되지 않은 맥주나 콜라를 사고 지폐를 내밀면 부모 대신 가게를 보고 있던 청년이 눈이 휘둥그레져서는 집 안에 들어가 동전이 가득 담긴 항아리를 가져왔고, 주민들은 밤이면 밤마다 집 근처에 있는 간이 노래방 부스에 모여 춤추며 노래하다 우리가 지나가면 들어오라고 손짓을 했다. 그들은 남부럽지 않게 여유로운 삶을 사는 것 같았다. (이런 소박한 행복을 우리나라 사람들이 많이 침범하고 오염시킨 것 같아 안타깝다.) 한 곳에 오래 있다 보니 까무잡잡한 피부에 하나같이 깡마른 동네 아이들과 친해져서 나는 그들에게 아리랑을, 그들은 내게 필리핀 노래를 가르쳐주고 함께 부르기도 했다.

낮 동안 실컷 물에서 놀고 마을 구경도 하고 나면 일과가 끝이 났다. 저녁이 되면 여러 곳에 흩어져 있던 리조트 내

한량들이 슬리퍼를 끌고 식당으로 모여들었다. 초저녁이 원래 제일 바람이 잔잔한 때인지, 아니면 다른 때는 뭔가를 하느라 열대의 열기를 느낄 틈이 없어서인지, 저녁을 먹고 있으면 코끝에 땀이 송글송글 맺히고 등도 축축해졌다. 곧 넓디넓은 바다 위로 해가 지고 달이 떴다. 낮 동안 부지런히 사람들을 실어 나르던 배도 바다 한가운데서 한가로이 넘실댔다. 술 한 모금 입에 대지 않아도 기분이 몽롱해지곤 했다. 에어컨 바람이 그리워 자리를 뜰까 말까 고민하다 보면, 내 갈등을 알아채기라도 한 듯 한 줄기 바람이 불어왔다. 그 바람 끝에 플루메리아 향기가 진하게 묻어났다. 아직 다이버라고 자신 있게 말하긴 어렵지만, 바다를 지척에 둔 순간순간이 꿈만 같았다.

하루에 기본 세 번씩 2주 동안 꼬박 물에 들어가면 아무리 나 같은 사람도 어느 정도 다이빙의 기본기를 익히리라는 남편의 기대는 여지없이 무너졌다. 처음보다 좋아지기는 했지만, 아직 물속에서 (뜨지도 가라앉지도 않는) 중성부력을 유지하지 못했고, 몸의 평형을 맞추지 못해 해마처럼 몸을 세운 채 앞으로 나아갔으며, 오리발을 차고 가던 중에 정지를 할 수 없어서 진기한 바다생물이 있으니 멈춰서 보고 가자는 가이드의 주문이 떨어질까 봐 불안에 떨었다. 상하좌우 고개를 돌릴 여유도 없었고, 묵묵히 오리발을 차며 앞으로 나아가는 데만 집중했다. 첫 해외 다이빙에서 나는 '중단 없는 전진'이라는 별명을 얻었다.

일단 귀국했지만 한 달도 안 돼 다시 출국했다. 이번에도 2주 다이빙이 목표였다. 남편은 어떻게든 내가 다이빙을 할 수 있게 만들고 싶어 했다.

J 다이빙리조트 사장님이 왜 또 왔느냐며 웃었다.

"아무리 안 돼도 2주일이면 충분할 줄 알았는데, 이 사람에게는 통하지 않네요."

남편의 말에 모두 웃었다. 이번엔 나도 따라 웃었다. 2주만 더 하면 어느 정도 수준에는 이를 듯한 자신감이 꿀밤만 하게 싹트고 있었다.

깊은 바다에 보물을 묻고

차를 몰 때도 평소 운전에 자신 있는 사람이 오히려 부주의해 사고를 내기 쉽듯 다이빙도 마찬가지다. 바닷속 변수에 반사적으로 반응하기 어려운 나는 다소 미련하거나 답답해 보여도 최대한 기본을 지키려 한다. 그래야 사고 확률을 줄일 수 있다. 남들은 슈트와 똑같은 재질의 후드는 답답하고 예쁘지 않아 아예 쓰지 않거나 대신 얇고 예쁜 두건을 쓰지만, 나는 얼굴이 쭈글쭈글 오징어 같아져도 한사코 두꺼운 후드를 챙겨 썼다. 아쿠아 슈즈를 신은 다음 오리발을 신었고, 장갑도 빼먹지 않았다. 미리 수경의 끈을 조절하고 김서림 방지 액체를 뿌려 눈앞이 잘 보이게 준비했다. 배의 어느 지점에서 뛰어내려야 나를 지켜봐 줄 사람의 가시거리에 들어갈지 미리 확인했고, 혹시 공기통 밸브가 잠겨 있어 입수 후 당황하는 일이 없게 더블체크했다.

나는 J 다이빙리조트에서 내게 주어진 기간 동안 최대한 열심히 다이빙 기술을 연마한 반면, 옆에서 내가 워낙 야단스럽게 초보 과정을 겪는 바람에 상대적으로 실력 있는 다이버로 공인된 남편은 특유의 베짱이 기질을 발휘해 곧 나무 그늘에서 필리핀 맥주 산미구엘 삼매경에 빠졌다.

어느 날 남편과 나를 포함한 여러 명이 잭피쉬(전갱이)로 유명한 포인트에 다이빙을 하러 갔다. 복불복이어서 가끔 잭피쉬를 만나지 못하는 수도 있다지만, 우리는 운 좋게도 장대한 은색 무리를 만났다. No pain, No gain. 고생 없이는 얻는 게 없듯 수천수만 마리의 잭피쉬 틈에 기분 좋게 갇혀 있을 때는 좋았지만, 금세 돌아갈 걱정을 해야 했다. 잭피쉬 포인트는 여느 때도 조류가 심한 곳이지만, 그날따라 더욱 물살이 거셌다. 나는 배운 대로 바위에 딱 붙어있다가 물살이 덜 거세진 틈을 타 전속력으로 오리발을 찬 다음 바위까지 간 뒤 몸을 낮추고 기다렸고, 그것도 여의

치 않으면 바위를 끌어안고 최대한 버텼다. 여차하면 거센 물살에 물고 있던 호흡기가 날아갈 판이었고, 바위를 잡고 있던 손을 놓치면 어디까지 날려갈지 모를 일이었다. 한참 분투하다가 남편이 걱정돼서 둘러보니 예상대로 당황한 기색이 역력했다.

겨우 배에 올라온 뒤 남편은 바다 상황이 좋지 않을 때는 다이빙을 하지 말아야겠다며 혀를 내둘렀다. 나보다 다섯 살이 많고, 평소 체력관리를 하지 않으며, 나만큼 연습을 성실히 하지 않은 대가를 톡톡히 치렀던 것이다. 그날 남편은 내게 엄지를 들어 올리며 승복의 메시지를 전했다. 'You, win!'

어느 날 다이빙리조트의 숙련된 필리핀 가이드 청년이 어디서 주웠는지 작은 액세서리를 하나 가져와서 다음 다이빙할 때 우리가 늘 가는 포인트에 넣어둘 거라며 내게 자랑했다. 그곳은 수심 2,30미터 지점에 있는 절벽 포인트로 중간에 안으로 깊숙이 팬 굴이 포함되어 있었다. 거기에 들어갔다 나오려다 자칫 오리발을 잘못 휘저어 바닥의 모래를 일으키면 남들의 시야를 방해할 수 있어서 보통 때는 잘 들어가지 않던 곳이었다.

그날은 가이드와 나, 그리고 두어 명만 단출하게 가기로 되어 있어서 나도 얼른 캐리어를 뒤져 진주 귀고리를 가지고 나왔다. 가이드에게 나도 나만의 보물을 여기에 숨겨놓겠다고, 그러면 이곳이 나의 보물섬이 되는 거라고 말했다. 언제든 다시 와서 찾아보겠지만, 혹시 내가 못 오면 대신 가끔 내 보물이 잘 있는지 살펴봐달라는 부탁도 했다.

먼 이국땅 아득한 바다에 내 보물을 묻어둘 용기를 냈으니, 이제야 스스로를 다이버라 부를 수 있을 것 같았다. 자신감이 생겨서인지 좁은 굴에 들어갔다 나오는 내내 한 번도 모래를 일으키지 않았고, 다른 사람과 부딪치지 않았으며, 깊숙하고 안전한 곳에 내 진주 귀고리를 잘 밀어 넣어두었다.

보물을 묻고 굴을 돌아 나오다가 가이드와 눈을 마주치고는 오랜만에 근심 없이 해맑게 웃었다. 수백 마디 말보다 더 의미 깊은 눈빛 교환이었다. 가이드 청년이 우리말을 할 줄 알았다면 내게 '이제 좀 컸네요!'라고 말해줬을까? 까마득한 망망대해에서 나의 안전을 지켜준 외국인 가이드 청년에게 진심으로 감사했다.

그 바다를 제2의 고향으로 부르고 싶을 만큼 꽤 여러 번 갔지만, 보물을 묻은 뒤로는 다시 가지 못했다. 리조트 주인이 바뀌었고, 그 바다에 여러 번 태풍이 불어 닥쳤으며, 조용하고 한산하던 시골마을에 고래상어가 나타나면서 시끌벅적한 상업 관광단지가 되어버렸기 때문이다. 설상가

상으로 우리의 해외 다이빙을 책임졌던 이전 리조트 사장님이 췌장암으로 돌아가셨고, 남편은 여러 가지 일로 세상만사의 의욕을 잃었다. 나와 우리 가족에게 운명일 줄 알았던 다이빙은 그렇게 서서히 멀어져갔다.

내 보물은 잘 있을까?

한밤의 상어 쇼

우리 부부가 다이빙을 시작했을 때 고3이던 아들이 수능을 마치고 합류해서 다이빙은 어느덧 우리 가족 스포츠가 되었다. 가족이 한 가지 활동을 함께 한다는 건 여러모로 의미 있는 일이지만, 이제 막 공부의 속박에서 벗어난 아들 입장에서는 어땠을지 모르겠다. 오랜만에 긴장을 풀고 맘껏 즐기고 싶은데, 엄마 아빠의 따가운 눈초리와 잔소리를 늘 의식해야 했으니까.

다시 한 번 말하지만, 우리가 금수저여서 다이빙을 할 수 있었던 건 아니다. 삶의 지향점이 남달라서 (물론 가진 것도 없어서) 집은 늘 전월세만 전전했고 차는 항상 허름한 중고였지만, 어렵고 위험한 삶의 시기를 거치며 어떻게든 가족 해체만은 막아야 해서 서로 뭉칠 수 있는 수단으로 다이빙에 매달렸던 것이다. 한마디로 다이빙으로라도 가족을 묶어야 했던 남편의 처절한 노력이었다.

나는 다이빙이 가족 스포츠여서 정말 좋았다. '아이 하나 키우는 데 마을 전체가 필요'하듯 다이버 하나가 물에서 자유롭기까지는 강사님과 여러 선배와 동기들, 스태프, 심지어 바닷속 해양생물들과 조류까지 도와줘야 가능한데, 나로서는 가장 든든한 두 사람이 옆에 있으니 천군만마를 얻은 것 같았다.

특히 아들은 지근거리에서 늘 나를 돕고 지켜준 성실한 동료 다이버였다. 남편이 가족 다이빙투어를 계획하고는 이런저런 이유로 불참을 선언하는 바람에 아들과 나, 둘이서 다른 팀과 다이빙투어를 가는 일이 늘어났다. 무슨 일이든 초기 작업을 철두철미하게 계획, 수행한 뒤 정작 자기는 뒤로 빠지는 남편의 '셋업맨' 기질이 다이빙에도 그대로 반영되었던 것이다.

아들과 다닌 다이빙 여행 중에서 가장 기억에 남는 것은 몰디브 리브어보드 투어였다. 리브어보드(liveaboard)란 사람들이 생활할 수 있도록 고안된 보트를 뜻하고, 리브어보드 다이빙투어는 배 안에서 숙식을 해결하고 남는 시간 동안 다이빙에 몰두하는 프로그램을 의미한다. 평소에는 쉽게 접근하지 못하는 먼바다에 나가 크고 진귀한 바다생물들을 볼 수 있는 장점이 있어서, 많은 다이버들이 소원하는 리브어보드 다이빙을 운 좋게 해볼 수 있었던 것이다.

신혼여행으로도 못 가본 몰디브에 아들과 다이빙투어라니 어쩐지 구색이 맞지 않았지만, 그래서 더 재미있었다. 우리가 생활했던 리브어보드는 서양사람 용이어서 침대가 어찌나 높던지 매번 뛰어 올라갔다 뛰어 내려와야 했다. 서양사람들은 틈만 나면 홀떡 벗어던지고 배 꼭대기에 올라가 일광욕을 즐기는 데 반해 유일한 동양인인 우리는 필사적으로 태양을 피해 다녔다. 그들의 자유로움이 부러웠지만 내겐 난공불락의 성이었다.

그 리브어보드는 야간 상어 쇼를 대표 이벤트로 대대적인 선전을 하고 있어서, 모두 걱정과 기대를 해가며 그날을 기다렸다.

매 다이빙 전에 바닷속 지형지물과 해양생물과 예상 가능한 돌발 상황에 관한 브리핑을 했지만, 상어 쇼를 앞두고는 유의할 점이 많았다. 깜깜한 밤바다에 들어가야 하니 반드시 각자 랜턴 두 개를 챙겨야 하고, 사람을 공격하지 않는 상어이지만 놀라게 하면 위험할 수 있으니 스태프의 안내에 따라 입수해 천천히 하강한 뒤 편편한 바닥에 앉아 바위를 잡고 상어가 오기를 기다려야 하며, 개인행동은 엄금했다.

이벤트를 진행하는 측도 다이버들도 하루 종일 팽팽한 긴장감으로 다른 일에 집중하지 못했다. 보통 멀리서 상어를 한 마리만 봐도 흥분해서 난리인데, 깜깜 어두운 밤에 바로 옆으로 상어가 지나간다니 기대와 두려움으로 리브어보드 전체가 요동쳤다.

드디어 넓디넓은 바다에 칠흑 같은 어둠이 내렸고, 리브어보드에서 작은 보트로 옮겨 탄 다음 상어 포인트 가까이 이동했다. 스태프의 지시대로 랜턴을 켜고 "원 투 쓰리" 카운트와 함께 모두 동시에 보트에서 뒤로 몸을 굴려 입수한 뒤 천천히 하강해서 모래바닥에 내려 바위를 하나씩 붙잡고 앉았다. 까만 바다에 다이버들이 밝힌 랜턴 불빛 사이로 호흡기에서 뿜어져 나오는 흥분과 긴장의 물방울이 조류를 따라 이리지리 흔들렸다.

다이버들은 무슨 일이 있어도 호흡기를 통해 숨을 쉬어야 하는데 숨 쉬는 것조차 잊을 정도로 가슴 졸이며 몇 분을 보내자니, 어느 순간 사방에서 상어들이 튀어나와 지느러미를 흔들며 다이버들 사이를 유유히 스쳐 지나다니기 시작했다. 미리 주의를 받지 않았다면 놀라서 호흡기를 놓치고도 남았을 것 같았다. 아마 다이버들이 상어를 만나도 돌발적인 행동을 하지 않을 만큼 준비가 됐다고 판단한 다음 스태프들이 먹이를 뿌려 상어 떼를 불러 모았을 터였다.

망망대해에 배경음악이 있었을 리 없지만, 이상하게 그때만 생각하면 특정 음악이 OST처럼 함께한다. 스토리와 영상은 잔인하고 끔찍하고 선정적이지만 최민식과 이병헌이라는 두 배우의 명품연기로 세월이 지나도 잊히지 않는 영화 「악마를 보았다」를 혹시 보셨는지. 영화 초반부에 이병헌의 약혼녀가 으슥한 시골길에서 차 타이어가 펑크 나길가에 차를 세워놓고 서비스 기사를 기다린다. 그러다 바깥의 낌새가 이상해서 조심스럽게 차창 밖을 내다본다. 그때 갑자기 최민식이 나타나 망치로 창문을 깨부수고 들어와 여자를 잔인하게 살해한다. 그 장면에서 급작스럽게 흘렀던 크고 긴박하고 불안한 음악이 상어 떼가 출몰했던 순간의 배경음악처럼 기억된다.

까맣고 말간 바닷속을 유영하는 크고 작은 상어들은 마치 짙은 아이보리색 지점토로 만든 모형처럼 통통하고 비현실적이었다. 상어의 꼬리와 지느러미가 팔과 다리를 부딪고 지나갈 때는 숨이 멎었고, 경직된 몸으로 짜릿한 전류가 흐르는 것 같았다.

급반전을 암시하는 긴박하고 큰 음악이 끝나고 다시 평온한 음악이 이어지듯, 얼마간 심해를 유유히 헤엄치던 상어들이 다시 어디론가 사라졌다. 우리는 그제야 꿈에서 깬 듯 수경에 눌린 눈을 끔뻑거렸다. 곧 가이드의 지시에 따라 바닥에서 몸을 일으켰고, 조금씩 위로 상승한 다음, 수심 5미터에서 안전 정지한 뒤 보트로 올라왔다.

수면으로 올라온 다이버들은 입에서 호흡기를 떼자마자 오마이갓, 맙소사, 홀리몰리, 언빌리버블 등 각종 감탄사를 터트리며 흥분을 공유하느라 야단법석이었다. 같은 장소에서 유사한 장면을 보고 경험했지만, 그날 깊고 깜깜한 바다에서 상어 떼를 만났을 때의 흥분과 감상은 모두 조금씩 달랐을 것이다. 오롯이 혼자 경험하는 별세상이었다. 나는 이것이 다이빙만의 매력이라고 생각한다. 바다에 있을 때는 말을 할 수 없기 때문에, 당시 보고 느낀 광경과 감상은 아무리 함께하고 싶어도 완벽하게 공유할 수 없다. 그저 남들도 내가 본 걸 봤겠거니, 나만큼 놀랐으려니, 나처럼 황홀했으려니 추측할 뿐이다. 그래서 다이빙은 오롯이 혼자인 인생과 닮았고, 특히 인생의 쓴맛을 경험한 사람들이 즐기는 스포츠가 되지 않았나 싶다.

가끔 그 바다를 떠올려본다. 그리고 의심한다. 그때 내

두 눈으로 상어들을 직접 본 게 맞나? 내 팔과 다리로 상어의 배와 지느러미의 감촉을 느낀 게 정녕 현실이었나? 내 상상 속 세계가 아니었을까? 그만큼 비현실적이었다.

그때 몰디브 바다 깊숙한 곳에서 말 한마디 못 하고 고개만 이리저리 돌려가며 유영하는 상어를 눈으로 쫓던 나와 지금 책상에 앉아 이 글을 쓰고 있는 나는 분명 같은 사람인데, 그때와 지금의 괴리가 너무 심해서 가끔은 나를 그 바다에 두고 온 건 아닐까 의아해진다.

4장
길은 걷는 자의 것이다

빠져 죽고 싶어도 못 죽어요

수영을 못 해도 아무 지장 없다는 말만 믿고 겁도 없이 스쿠버다이빙을 시작했지만, 그 말이 다른 사람에게는 맞을지언정 물이 싫고 무섭고 친하지 않은 내게 해당하는 말은 아니었다. 내가 얼마나 무모하게 다이빙에 도전했는지 깨달았고, 다른 사람에게 조금이라도 민폐를 덜 끼치려면 수영을 배워야 할 것 같았다.

세상에는 간혹 지레 걱정을 하면 의외로 쉽게 느껴지는

일이 있지만, 수영은 염려한 것 이상으로 어렵고 무서웠다. 남의 도움을 받았든 어쨌든 명색이 자가 호흡 장비를 메고 수심 수십 미터를 다녀온 사람인데, 허리까지 오는 얕은 물조차 부담스러웠다.

수업 첫날 첫 미션은 다리를 물에 띄우는 것이었다. 나는 망설이고 망설이다 겨우 다리 하나를 들어 올렸는데 긴장으로 몸에 힘이 들어가 바로 물에 빠져 허우적대다 주변 사람들에게 건져 올려졌다. '땅 짚고 헤엄치기'란 정말 쉬운 일을 나타내는 말이지만, 나는 땅 짚고 헤엄은커녕 물 속에서 균형 잡고 걷는 것조차 쉽지 않았다.

강사는 쩔쩔매는 내게 물의 깊이를 보라고 했다. 고작 허리까지 오는 물에서는 아무리 빠져 죽고 싶어도 못 죽는다고. 그러면서 조금 전처럼 긴장해서 허우적대다 물에 빠지면 자기가 꼭 건져줄 테니 조금도 걱정하지 말라고 안심시켰다.

허리까지 오는 물에 빠져 죽지는 않았지만, 풀에서 바짝 신경을 곤두세우고 호흡법과 발차기로 진을 빼다 보니 수영장에 다녀오면 도마 위에 얹은 해삼처럼 푹 퍼져 아무 일도 하지 못하는 날이 많았다. 그렇게 힘을 들였는데도 수영은 좀처럼 늘지 않았고, 나는 늘 맨 뒤에서 다른 사람들이 뿌리고 간 물이나 뒤집어쓰기 일쑤였다.

한 달이 지나자 담당 강사가 다음 달에도 수업을 하러 올 거냐고 물었다. 나같이 물에서 허우적대는 사람은 보통 한 달이면 나가떨어지는 법이니 아마 답은 정해져 있다고 생각했으리라. 나는 결연한 표정으로 계속할 거라고 대답했다. 다이빙을 먼저 경험했고, 여차저차하여 수영을 꼭 배워야 하는 내 상황도 설명했다. 마침 수영 강사도 스쿠버다이빙을 취미로 하고 있어서 이야기하기가 편했고, 그는 나를 도와주고 싶어 했다.

나는 내 수영이 총체적 난국인 줄은 알지만, 꼭 하나만 명심할 것을 얘기해주면 그걸 지표 삼아 조금씩 나아져 보겠다고 말했다. 그가 수영은 포기하지만 않으면 언젠가는 하게 되는 운동이니 꿋꿋이 다녀보라고 했다. 포기하지 않으면 된다고? 그거라면 자신 있었다. 강사에게 '포기는 김장할 때나 필요한 거'라 아재개그까지 해가며 절대 중도에 그만두지 않겠다고 약속했다.

내가 수영을 배운 낮 시간에는 사람이 그다지 많지 않아서 수업 전후에 따로 연습할 여유가 있었다. 수업은 몇 달 만에 자유형, 배영, 평영, 접영까지 섭렵하며 초고속으로 넘어갔지만, 따로 연습할 때는 진도와는 상관없이 기초부터 차근차근 다지기로 했다.

어디에나 그렇지만 수영장에도 얼치기 선생들이 어찌나

많은지, 자기가 해본 결과 이 방법이 제일 좋다며 호흡법과 팔 동작과 발차기 등을 훈수 두는 사람이 많았다. 그렇게 기초만 연습하다가는 지레 지치기만 하고 발전이 없다고 비웃는 사람도 있었다. 그러나 나는 나의 길을 간다는 일념으로 웃으며 다른 사람들의 말을 귓등으로 흘렸다.

나이 들어 수영을 배우기 시작한 게 다행이었다. 아니 수영뿐 아니라 모든 분야의 만학에는 단점 못지않게 장점이 많다. 젊은 사람들보다 취하고 포기할 것을 현명하게 구별해낼 줄 알고, 주변의 말에 쉽게 휘둘리지 않을 뚝심도 있다. 머리와 몸은 말을 듣지 않아도 의지만은 충천해서 쉬이 포기하지 않는다.

아마 일찍 수영을 배웠다면 중간에 포기하고 말았을 것이다. 뭘 배우기 딱 좋은 나이 사십 중반에 수영을 시작한 게 얼마나 잘한 일인지 모른다.

금메달보다 값진 콩밥 한 그릇

수영 초보인 나의 우상은 연수반 레인에서 물개처럼 유유히 헤엄치는 백발할머니였다. 할머니는 팔십 대 중반으로 수영하신 지 9년차가 된 수영장의 살아 있는 전설이었다. 남들이 쑥쑥 진도 나갈 때 음파음파 호흡법과 착착착착 발차기를 수십 수백만 번 되풀이하면서 나도 언젠가 전설의 백발할머니와 앞서거니 뒤서거니 해가며 수영하는 그날만을 학수고대했다.

물에서 땀을 흘려본 적이 있는지. 나는 경험해봤다. 누군가 과학적으로 전혀 말이 안 되는 소리라고 반박할 것 같아 이 글을 쓰기 전에 슬쩍 검색해봤는데, 물에서도 신체 활동으로 인해 땀은 나지만, 당연히 물 밖에서처럼 흐를 수는 없단다. 그러나 주관적으로는 분명 물에서 땀을 흘렸다. 어디 땀뿐이겠는가. 피땀눈물을 처절하게 흘렸다.

그렇게 온몸을 온갖 액체로 적신 지 일 년 반쯤 지났을 때, 반이 통폐합되면서 나는 두어 단계를 뛰어넘어 전설의 백발할머니가 계시는 상급 연수반으로 편입됐다. 우상과 한 레인에서 수영을 하게 되다니, 신기하고 믿기지 않아서 혼자 기뻐 날뛰다가 코로 물을 잔뜩 들이마셔도 마냥 좋았다.

그날로 나는 백발할머니의 물 밖 도우미가 되었다. 물로 들고 날 때마다 할머니를 부축해드렸다. 물속에서는 인어처럼 유연하시지만, 샤워장에서는 기운이 빠져 바닥에 앉아 천천히 몸을 씻는 할머니에게 나는 세신사를 자청했다. 할머니는 그런 내가 고마우셨겠지만, 나는 우상인 할머니가 건재하신 것만으로도 감사했다.

누구도 수영을 계속하리라 장담하지 않았지만 끝까지 포기하지 않은 나와, 그 연세에 하루도 빠지지 않고 수영하러 오시는 할머니가 친하게 지내는 걸 보고 사람들은 전설과 전설이 만났다고 치켜세워주었다.

어느 날 할머니가 다른 사람들의 눈을 피해 나를 구석으로 데려가시더니 검은 봉지를 건넸다. 할머니의 눈길이 워낙 은밀해 차마 뭔지 묻지 못하고 가방에 쑤셔 넣어 집에 가져와 보니 완두콩이었다. 나이만 먹었지, 완두콩으로 뭘 해 먹어야 할지 몰라 다음날 할머니에게 여쭤봤다. 그냥 매일 밥 할 때 한 움큼씩 넣어 먹으면 된다고 하셨다. 윤기 흐르는 흰밥에 푸릇푸릇한 콩이 박힌 완두콩밥을 그 뒤로 오랫동안 지어먹었다. 흰밥을 좋아하는 남편은 갑자기 웬 콩밥이냐 지청구였지만, 나는 할머니 완두콩밥을 사수했다.

수영은 내게 뭐든 포기하지만 않으면 언젠간 하게 된다는 희망의 증거가 되어주었다. 이후로 수영을 망설이는 사람에게 (선수가 되어 기록을 내야 하는 상황이 아닌 한) 누구나 언젠가는 할 수 있다고, 내가 산증인이라고 힘주어 말하고 있다. 불행히도 사람들은 내 말을 그저 그런 '고생 후 성공담' 정도로 치부하고 믿지 않는 눈치여서 아쉽다. 아마 그래서 이렇게 나의 부끄러운 면까지 다 까발리는 것인지도 모른다. 나는 많은 사람이 절대로 안 될 것 같은 일에 도전해서 의외의 기쁨을 누렸으면 좋겠다. 비단 수영을 비롯한 운동에만 해당되는 일은 아니다. 꾸준히 하다 보면 어떤 분야에서든 어느 순간 훌쩍 성장한 자신을 만날 수 있을 것이다.

영국의 추리소설 황금기 작가인 도로시 L. 세이어즈는 '열정 때문에 저지를 수 있는 유일하고도 가장 큰 잘못은 기뻐하지 않는 것이다'라고 말했다. 수업이 없던 어느 일요일, 나는 자유수영으로 25미터 풀을 쉬지 않고 서른 바퀴 정도 돌았다. 달리기하는 사람들이 30분 이상 달렸을 때 만끽한다는 극도의 행복감, 러너스하이(runners' high)가 내 온몸을 감쌌다. 그날 나는 나의 성취를 마음껏 기뻐했다. 얼마나 피눈물 나게 노력했는지 가장 잘 아는 내가 크게 기뻐하지 않으면 누가 축하해주고 격려해주겠는가.

Y섬에서는 내내 걸었다

사람의 일이란 알 수 없어서 어느 날 눈을 떠보니 섬 주민이 되어있었다. 다이빙을 시작한 뒤 가끔 섬에 다녀오곤 했지만, 섬에 들어가 살게 될 줄은 몰랐다. 어쩌다 분위기가 무르익었고, 이번에도 우리 부부가 디지털노마드였기에 모험을 감행해볼 수 있었다.

섬에 사는 동안 나는 섬 주민이라기보다는 '섬에서 한 달 살기'를 매달 갱신해가며 사는 여행객에 가까웠다. 그 세월이 어언 5년이었으니, 주민과 여행객 사이에서 줄타기를 했다고 해야 맞으려나?

섬에 들어간 뒤 한동안은 주민센터 2층에 있는 헬스장에서 운동을 했다. 운동기구는 몇 가지뿐이었지만, 이용하는 사람이 거의 없어 공간을 독점하다시피 할 수 있어 좋았다. 배가 선착장을 떠날 때 내는 기적소리를 들으며 섬마을 헬스장에서 혼자 러닝머신 위를 뛰고 있노라면, 왠지 내가 영화 속 주인공이 된 듯 정겹지만 조금 아련하고 쓸쓸한 기분에 휩싸이곤 했다. 무수한 사연을 안고 주유산천하다 섬에 잠시 터를 잡은 미스터리한 도시여자가 된 듯했고, 나는 그런 분위기를 즐겼다.

10월의 어느 날 헬스장에 갔더니 천장 보수공사를 하고 있었다. 어차피 운동하러 나온 걸음이니 헬스 대신 밖을 걷기로 했다. 그날 알았다, 섬에 살면서 헬스장에서 운동하는 것은 바보짓이라는 것을. 원래 에펠탑 근처에 사는 사람은 에펠탑을 무시하고, 북한산 주변에 사는 사람들은 다른 이름 있는 산을 찾듯, 섬 주민들은 바다를 끼고 해변을 걷는 게 얼마나 축복받은 일인지 모르는 듯했다. 나 역시 직접 걸어보기 전까진 몰랐지만, 알고 나서는 집에 있는 시간이 아까웠다. 아침저녁 가리지 않고 틈만 나면 걸었는데, 해변일주로를 걷는 동안 사람 하나 만나지 못할 때가 많았다.

해변도로를 걷다 지겨우면 철썩이는 파도를 발아래 두고 편편한 바위에 앉아 오래도록 수평선 너머 먼 나라를 궁금해했고, 일출과 일몰이 만들어내는 오렌지, 보라, 분홍, 자줏빛 신비에 취해 세상의 시작과 끝을 생각했으며, 거센 바람에 도로로 튀어 오른 미지의 생명체가 당황해 옆으로 미끄러지는 걸 보고 녀석의 정체를 확인하기 위해 열심히 구글링하기도 했다. (그 녀석은 수달이었다!)

독특한 지리적 특성 때문에 섬에는 전해 내려오는 전설과 괴담이 많다. 뜬금없이 내가 겪은 섬 전설 비슷한 에피소드 하나를 소개한다.

어느 추운 겨울밤, 아들과 함께 바닷가 일주도로를 걷고 있었다. 보름이었는지 달빛이 반사되어 수면은 투명하고 검푸르렀고 주변은 훤했다. 우리는 목티와 패딩과 수면양말 등으로 온몸을 꽁꽁 싸매고 눈만 간신히 내놓은 채 불어 닥치는 매서운 바람을 가르며 아무도 없는 바닷가를 종횡무진 누볐다.

한참을 걷고 있는데 난데없이 하얀 고양이 한 마리가 야옹 하며 나타나 우리 둘의 다리 사이를 여덟 8자로 돌기 시작했다. 예쁜 고양이의 점지를 광영으로 여기며 우리는 팔푼이처럼 좋아서 어쩔 줄 몰랐다. 그러다 이젠 갈 때도 됐건만, 계속 우리 곁을 맴도는 고양이가 조금 성가셔서 그만 가라고 손사래를 쳤다. 고양이는 아쉬운 듯 8자를 몇 번 더 돌고는 사라졌다.

고양이에게 묶여 있던 발걸음을 다시 옮기려던 우리는 거의 동시에 눈을 동그랗게 뜨고 서로를 마주 보았다. 고양이가 순식간에 눈앞에서 없어졌던 거였다.

"잠깐, 쟤 어디로 갔지?"

내가 물으니 아들도 고개만 저었다.

우리는 눈을 여러 번 감았다 떠가며 정신을 집중한 뒤 주변을 살폈다. 귀신이 곡할 노릇이었다. 바다에 면한 해안도로였는데, 아무리 콘크리트 턱을 넘겨다봐도 고양이가 올라오고 내려갈 만한 틈은 없었다. 바다에서 치솟았다 바다로 꺼지지 않는 한.

우리는 누가 먼저랄 것도 없이 바로 뒤를 돌아 걸음아 나 살려라 하고 차를 주차해둔 곳으로 뛰었다.

다음날 사건 현장에 다시 가보고도 의문이 풀리지 않았다. 도대체 그 고양이는 어디서 나타나 어디로 사라져버린 것일까. 만약 둘이 함께 겪은 일이 아니라면 거짓말이라고 서로를 한량없이 비웃었을 터였다.

나중에 Y섬 토박이로부터 '강아지 귀신' 전설을 들었다. 아들과 걸은 바로 그 일대가 전설의 무대, 즉 강아지 귀신이 출몰하는 구역이라는 거였다. 전설의 내용은 이러했다. 바닷가를 걷다 보면 흰 강아지 한 마리가 나타나 귀여운 매력을 발산한다. 강아지가 예뻐서 쓰다듬다 보면 강아지가 따라오라는 신호를 하듯 연신 뒤를 돌아보며 어디론가 간다. 이미 강아지의 매력에 푹 빠진 사람은 홀린 듯 따라간다. 그러다… 그 사람은 바다에 빠져버리고 영영 불귀의 객이 된다.

강아지가 고양이로 바뀌었을 뿐 우리가 당한 상황과 똑같았다. 그날 아들과 내가 조금만 기가 허했다면, 고양이를 따라 바다로 풍덩 뛰어들었을지도 모를 일이다.

내가 강아지 전설을 듣고도 애써 담대한 척하고 있으니 Y섬 토박이는 이때다 하고 섬 괴담을 몇 건 더 얘기해주었는데, 그중에는 우리가 세 얻어 사는 집에 얽힌 전설도 있었다. 무덤과 아기와 울음소리와 비 등 전설의 필수 요소가 깨알같이 든 소름 끼치는 이야기였는데, 무섭지 않으려고 무시한 탓인지 그 후로도 가위눌리지 않고 잘 살았다.

발 하나만 잘못 내디디면 철썩이는 파도에 휩쓸려버리기 쉽고, 응급상황이 생겨도 기상악화로 주의보가 내리면 꼼짝없이 발이 묶여버리고, 작은 사건과 사고도 침소봉대되는 좁은 커뮤니티에서 나는 역설적이게도 가장 안온한 삶을 살았다.

내 고향은 여름철이면 용광로처럼 절절 끓는 분지이지만, 내 마음의 고향은 늘 같은 자리에 가도 항상 다른 바다와 하늘과 바람이 나를 반겨 맞았던 Y섬이 될 것임을 그곳을 걸을 때도, 그곳에서 나온 지금도 믿어 의심치 않는다.

섬 동물들의 대모

전에 강아지를 키우긴 했지만, 그건 순전히 동생 대신 강아지라도 집에 함께 있게 해달라는 아들의 간청을 더는 뿌리칠 수 없어 내린 결정이었다. 그러기엔 너무 많은 강아지를 사랑하고 아꼈지만 지켜주지 못한 미안함에 이제 절대로 다시 동물을 들이는 일은 없으리라 다짐하고 또 다짐했다. 그런데 그것도 마음대로 되지 않는 일이란 걸 알게 됐다.

섬으로 이사 들어간 날, 힘겹게 짐을 들고 계단을 오르는데 고양이 한 마리가 비키지도 않고 사람을 똑바로 쳐다보며 앙앙댔다. 덩치는 작은데 어찌나 당돌한지 쫓아내도 가지 않고 계속 울었다. 우리가 들어가기 전 몇 년 동안 집이 비어 있었다더니 그 녀석이 무주공산에서 터줏대감 노릇을 했나 보았다. 고양이 입장에서는 우리가 더부살이 오는 격이어서 괘씸했을 수도.

짐을 풀고 쉬는 동안 그릇을 찾아와 먹고 남은 김밥을 줬더니 순식간에 밥그릇을 싹 핥고는 만족한 얼굴로 나를 보고 다시 앙앙댔다. 그 순간 게임 끝, 나는 바로 집사로 낙점됐다.

며칠 있다 가겠거니 하고 '강아지는 다 메리이고 고양이는 모두 나비'라며 고양이를 성의 없이 나비로 불렀다. 그런데 다음날 다른 고양이가 한 마리 나타났고, 둘은 매우 친했다. 자매일까, 같이 화장실 다니는 친구 사이일까 했는데 알고 보니 둘은 성별이 달랐고, 이미 깊은 사이였으며 벌써 나비의 배가 불러오고 있었다.

동물이라면 공벌레 한 마리도 무서워하는 내가 강아지 산파 노릇을 했는데, 이번에는 그렇게 싫어하던 고양이 새끼를 받아야 할 판이었다. 나비는 내가 만들어준 산실에서 새끼 다섯 마리를 무사히 출산했고, 나는 명실상부 고양이

일곱 마리의 할매 집사가 되었다.

세상 모든 동물의 새끼는 애정과 양육의 욕구를 불러일으켜 보살핌을 받아야 하는 절체절명의 숙제 때문에 귀여운 외모를 가질 수밖에 없다는 말을 들은 적이 있는데 과연 그랬다. 귀여운 새끼고양이 다섯 마리와, 앙증맞은 주니어들을 내게 데려와 준 나비 부부가 너무 좋아 나는 세상에서 고양이가 제일 무섭던 사람에서 점점 고양이 마니아가 되어 갔다.

그러나 초보 집사에게는 해결해야 할 문제가 산직해 있었다. 우리 집 마당에 기거하는 고양이 일곱 마리에 근처를 배회하는 길고양이와 산고양이까지 합세해서 짝짓기를 해대면, 반년 안에 '101마리 고양이'가 되는 것도 불가능한 일은 아닐 것 같았다. TNR로 알려져 있는 길고양이중성화 프로젝트를 알아봤지만, 섬까지 와서 길고양이를 포획해 갈 리가 없었다. 하는 수 없이 거금을 들여 우리 마당고양이만이라도 모두 중성화를 시켜놓고 이제 알콩달콩 평화롭고 재미있는 나날을 보낼 꿈에 부풀었다.

싫어한다고, 무서워한다고, 제발 나한테는 오지 말라고 아무리 애원하고 간청해도 동물들은 나를 가만히 놔두지 않았다. 특히 우리 옆집은 서울 사는 양반의 별장이었는데, 그 양반은 계속 섬에 있을 것도 아니면서 집에 개와 닭과 말과 산양까지 데리고 있었다. 자기가 없을 때 동물들을 건사해달라고 부탁하려는 걸 우리가 칼 차단했더니 다른 사람을 수배해놓기는 한 모양이었다. 그러나 어찌나 관리가 허술하던지 사흘이 멀다 하고 개가 마을의 닭을 물어 죽이고, 말이 뛰어나와 고구마밭을 망치고, 산양들이 내 방 앞에 와서 통 창문 안을 은밀히 들여다보는 등 하루도 조용할 날이 없었다.

내가 마당에 고양이들 먹으라고 사료를 부어놓으면 온 갖 동물이 와서 함께 먹었다. 이른바 산중턱에 있는 동물들의 사료 급식소 같았다. 방에 앉아 가만히 들어보면 사료를 아작아작 씹어먹는 건 고양이, 콕콕 집어먹는 건 까마귀나 닭, 퍽퍽 씹어 먹는 건 개, 또각또각 걸어와서 고양이들을 내쫓은 다음 후르릉흐르릉 소리를 내며 핥아먹는 건 말이었다.

동물들은 배도 고프지만, 정이 그리웠을 것이다. 불빛이 비치고 인기척이 나고 먹을 것이 있는 곳으로 오다 보니 우리 집이었을 터였다. 고양이들이 나더러 침입자들을 물리쳐달라고 죽는소리를 하면 개와 닭까지는 어떻게 해보겠는데 말과 산양은 어쩔 도리가 없어서 늘 남편을 소환했다.

서울 양반에게 음으로 양으로 민원을 넣은 결과, 말과 산양이 머지않아 다른 곳으로 보내졌기에 망정이지 자칫 개와 고양이 새끼에 이어 산양 새끼도 내 손으로 받을 뻔했다.

섬에서 계속 살아야 할지 말아야 할지를 수시로 고민하게 한 동물은 또 있다. 여태 이 동물을 좋아하는 사람을 단 한 명도 만나본 적이 없음을 깨닫고 나라도 연민을 가져보고자 하지만, 실제로 만나면 혼비백산, 기절초풍, 기함졸도할 수밖에 없는 그 이름은 바로 지네! 지네를 못 오게 하려고 붕산을 뿌리고 닭뼈를 항아리에 넣어 함정을 만들고 배수구를 막아도…. (구체적으로 쓰려다 독자들의 정신 건강을 위해 참습니다. 멧돼지, 거미줄, 뱀, 민달팽이, 초록 풍뎅이, 노래기, 대벌레 얘기도 하고 싶지만 깊은 이유로…)

내가 섬을 나온 뒤 동물들은 어떻게 지내고 있을지, 동물들을 피해 가며 따먹던 산딸기와 버찌와 오디와 복분자는 해마다 여전히 잘 열렸다 떨어지고 있을지 문득 궁금해진다.

빡센 길동무와 함께한 섬에서의 마지막 1년

어느 날 폰에 부재중 전화가 세 통이나 와 있었다. 평소 안면만 있지 그렇게 친하지 않던 '김언니'가 어인 일로 이렇게 여러 번 전화를 했을까. 얼른 전화를 걸었더니 혹시 오늘도 걸으러 갈 거면 함께 가잔다. 걷기를 마다할 내가 아니어서 후딱 하던 일을 접고 양말 신고 마스크를 쓴 채 튀어 나갔다.

어디로 얼마나 걸을 생각인지 묻지 않은 건, 내가 매일

만 보를 걷는다는 사실을 김언니도 알고 있기 때문이었다. 내가 걷는 만큼 함께 걷겠다는 얘기려니 했다.

그런데 김언니에게는 다른 계획이 있었다. 언니는 그곳 사람과 결혼해서 Y섬에 산 지 30년이 넘는데도 그곳을 둥글게 아우르는 일주도로를 한 번도 걸어서 완주해보지 못했단다. 시도는 몇 번 해봤지만, 번번이 같이 간 사람들이 중간에 나가떨어져 버려 언니도 덩달아 포기하고 말았다고 했다. 한 번은 마을버스를 타고 돌아왔고, 또 한 번은 집에서 쉬고 있는 남편에게 전화해 데리러 오라고 했다가 욕을 푸지게 얻어먹었으며, 또 한 번은….

김언니는 진즉부터 같이 걸을 상대로 나를 점찍어뒀던 모양이었다. 아, 이 사람이라면 함께 Y섬 일주를 할 수 있겠구나. 저 튼실한 다리통을 보라, 매일 혼자서도 걸어 내는 뚝심을 보라! 그러고는 기회를 넘보다가 마침내 그날 오전 예배를 마치고 교회 문을 나서며 기필코 그날 나와 섬을 한 바퀴 돌아야겠다고 결심했던 거였다.

혼자서라도 걷고 싶지만 외진 길은 무서워 멀리 가지 못했다고, 그 세월이 30년도 넘는다고 고백하는 김언니에게 나만 믿으라고 큰소리를 뻥뻥 쳤다.

도중에 김언니가 길은 약간 험하지만 풍광이 끝내주는 곳이 있는데 가보겠느냐고 물었다. 매일 만 보를 걷는 내가 무서울 게 무어냐고 흔쾌히 그러자고 했다. 길을 아는 김언니가 앞장섰다. 언니가 뒤에서 방향만 지시해주면 내가 앞장서도 좋다고 했지만, 언니는 괜찮다며 성큼성큼 걸어갔다.

곧 풀이 우거지고 울퉁불퉁하고 경사진 길이 나타났다. 나는 옆에 있는 나뭇가지를 붙잡고 발밑을 살펴 가며 엉거주춤 걷는데, 김언니는 날다람쥐처럼 가뿐하게 축지법이라도 쓰듯 숲을 헤치며 나아갔다. 나는 아까 큰소리친 것도 있어서 뒤처지지 않으려고 안간힘을 쓰다가 나뭇가지에 얼굴이 긁히고 정체 모를 뭔가에 머리를 박고, 주르륵 미끄러지고 난리 블루스를 춰가며 겨우 언니를 따라잡았다.

알고 보니 김언니는 어릴 때 시골에서 자라 험한 숲길에 익숙하다고 했다. 크헉, 앞으로는 좀 걷는다고 잘난 척하지 않겠습니다!

Y섬에서 30년을 산 언니랑 함께 걸으니 혼자 걸을 때와는 사뭇 달랐다. 평소에 궁금했지만 감히 혼자 가보지 못했던 오솔길에도 들어가 보고, 멋지게 꾸며 놓은 농원에도 언니의 미소 한 번으로 프리패스했다. 걷는 동안 언니는 저 집에는 어떤 사람이 살고, 이 집에는 어떤 사연이 있다는 등 내부인이 아니면 알 수 없는 수많은 비화를 들려주었다. 그렇게 Y섬을 한 바퀴 도니 네 시간 반이 걸렸다. 그

뒤로 김언니와 나는 둘도 없는 걷기 메이트가 되었다.

김언니는 자칭 타칭 Y섬의 오지라퍼이다. Y섬에서 가장 큰 마트의 책임자라는 직업상 특성도 물론 한몫했겠지만, 그게 아니어도 김언니는 도움이 필요한 사람을 그냥 지나치는 법이 없다. 바쁜 시간을 쪼개 밥 짓고 국 끓이고 반찬 만들어 독거노인과 정신이 온전하지 않은 여자들과 가족과 떨어져 사는 젊은 군인들에게 가져다준다. 생색을 내는 법도 없다. 그릇을 슥 밀어놓으면 사람들은 당연한 듯 먹는다. Y섬 주민들이 공동으로 돌보다시피 하는 50대 여인 꽃님 씨는 틈만 되면 언니에게 동그랑땡을 구워 내놓으라고 마트 앞에서 진을 친다.

나랑 걸으러 갈 때도 배낭 가득 도시락과 과일과 커피를 넣어와 산꼭대기 벤치에 차려낸다. 내 생일에는 미역국을, 명절에는 사색나물밥과 생선찜과 전을, 감기로 콜록일 때는 죽을 쒀서 건넸다.

Y섬은 내가 김언니를 만난 곳이고, 섬에서 나온 지금 Y섬은 김언니가 있는 곳이다. 김언니 덕분에 세상 어디에나 '사람'이 있다는 것을 알게 됐다. 내게 엄마 같고, 친구 같고, 스승 같았던 김언니 덕분에 나는 이제 어떤 곳에 가도 씩씩하게 살 수 있으리라는 자신감이 생겼다.

김언니는 이제 혼자서도 일요일만 되면 시간이 허락하는 만큼 섬을 누빈다. 그리고 사진을 찍어 내게 보내준다. 덕분에 나는 Y섬의 사계를 앉은 자리에서 감상한다. 당사자는 동의할지 모르지만, 김언니는 내가 몸으로 하는 일을 전수한 첫 도반이다. 아주 뿌듯하다!

길은 걷는 자의 것이고, 섬은 건너는 자의 몫이다

제7회 섬 여행 후기 공모전 대상 수상작

섬이 신비로운 이유는 쉽사리 발을 들이기 어렵기 때문이다. 날씨는 괜찮은지 여객선은 언제 뜨고 묶이는지, 미리 확인하고 준비해야 할 일이 산더미이다. 그래서 더 간절하고 소중하고 애틋하다. 섬에 잠시 다녀가는 육지 사람도, 섬에 단기간 머무르는 임시 생활자도, 섬에서 태어나 쉽사리 그곳을 떠나지 못하는 토박이에게도 섬은 특별하다.

도시 출신에 섬 생활 5년차인 나는 섬에 들어온 뒤 연례

행사로 굵고 짧은 해외여행을 추구했다. 섬에서는 뭍으로 잠깐 볼일을 보러 가려고 해도 여객선 운항 시간 때문에 기본 하루 이상이 소요될 때가 많다. 자연스럽게 두 번 외출을 한 번으로 줄이게 된다. 그리고 짧은 여러 번의 나들이 기회를 모아 가성비 높은 해외여행을 꿈꾼다.

한동안 전대미문의 바이러스로 해외여행은 엄두도 못 냈지만, 섬에 들어오고 얼마 뒤 벼르고 별러 유럽 서점투어를 다녀올 수 있었다. 여행에서 가장 중요한 요소는 여행지나 여행 상품보다 함께 발과 마음을 맞출 수 있는 사람이라는 사실을 깨닫게 된 소중한 기회였다. 서로 비슷한 취향과 관심사를 가진 사람들과 함께한 열하루는 매일 새로 꾸는 꿈 같았다.

패키지여행을 다녀와 본 사람은 안다. 여행 마지막 날, 그새 부쩍 친해진 사람들은 이제 각자의 자리에 돌아가도 계속 서로의 안부를 묻고 자주 만나 여행지에서 나눈 우의를 이어가자 도원결의한다. 안 그럴 이유가 없고, 반드시 그럴 것만 같다. 그러나 하늘이 두 쪽 나도 지킬 것 같던 맹약은 세월과 생활의 더께에 덮이고, 나중에는 쓸쓸한 날 한 번씩 꺼내 보는 사진 속에서만 펄펄 살아 존재한다.

그러나 유럽서점 여행을 함께 다녀온 이 팀은 달랐다. 각자 바쁜 일상을 살아가는 틈틈이 안부를 물었고, 가슴에 남는 글귀를 공유했으며, 힘 빠질 때 서로에게서 에너지를 얻었다. 언제 다시 만나도 늘 반가울 이름이었고, 함께한 시간들을 생각만 해도 입가에서 희미한 미소가 가시지 않는 여행 친구들이었다.

그 친구들에게 섬을 보여주고 싶었다. 이참에 나도 내가 사는 곳 아닌 다른 섬을 다녀보고픈 욕심도 있었다. 함께 여행 다녀온 친구들 중에서 또래 다섯이 마음을 모았다. 마침 평소 알고 지내는 분이 남해의 여러 섬을 해상택시로 투어하는 상품을 개발했다는 소식을 접한 터라, 그 팀과 합류하면 일이 쉬울 듯했다. 그러나 코로나바이러스로 방역 단계가 들쭉날쭉해서 일정이 자꾸 변경됐고, 여행의 가부도 불투명한 상태로 차일피일 날짜만 미뤄지고 있었다.

끝내 해상택시 투어 팀의 합류가 불발되자 나는 용기를 내보기로 했다. 비록 길라잡이 역할을 맡을 내가 길치와 방향치이고, 해상택시 대신 여객선을 타고 들고 나야 하는 불편함을 감수해야 할 테지만, 그럼에도 불구하고 즐길 준비가 되어있다면 나를 따르라 깃발을 들어 올렸다. 여행 친구들은 무한 충성을 약속하며 겁도 없이 내가 올린 깃발을 덥석 잡아주었다.

감사하게도 섬 여행의 기본 얼개는 해상택시 투어 대표님이 짜 주셨다. 몇 개의 안 중에서 통영 근처의 우도, 연화도, 한산도 세 개의 섬을 3박 3일 일정으로 소화하는 것을 택했다. 통영 산양읍의 슬로비 게스트하우스에서 2박 하고 우도 펜션에서 1박 하기로 했다.

여행의 3요소가 장소, 경비, 사람이라면 여행의 3단계는 여행 전의 설렘, 여행 당시의 감격, 여행 후의 아련함이라 생각한다. 우리는 여행 전부터 단톡방에 모여 설레는 마음을 주고받으며 기대감을 높였고, 만나서 하고 싶은 일과 가고 싶은 장소를 추천해가며 늦가을의 외유를 간절히 기다렸다.

11월 첫째 주 사람 왕래 드문 월요일에 우리는 각자 다른 지역을 출발해서 오후 6시에 통영으로 집결했다. 다음날 아침 일찍 우도 가는 여객선을 탈 목적으로 사전 1박을 하는 거였으므로 첫날 저녁은 오로지 해후의 기쁨을 나눈 뒤 먹고 놀기만 하면 됐다. '슬로비 게스트하우스'에 도착해 짐을 풀고 바로 거나한 저녁과 영화 관람으로 첫 일정을 소화했다.

아, 아직 밝히지 않은 게 있다! 우리 다섯은 모두 50대 중반의 기혼여성이다. 현실의 무게감과 적지 않은 장애와 태클을 극복하고 3박 3일 일정을 얻어낸 날, 50대 여성들의 마음가짐이 어떤지 아는 사람은 다 안다. 레스토랑 '오월'의 이름난 셰프님이 코스별로 우리 앞에 내주는 고급스러운 메뉴는 감격 그 자체였지만, 우리는 그날 어떤 음식을 먹어도 상관없었다. 영화 시작 시간에 늦을까 봐 주차장에서부터 숨이 차도록 계단을 올라놓고, 사전에 힘을 너무 많이 빼서인지 영화 시작하고 십 분도 안 돼 꾸벅꾸벅 졸아도 괜찮았고, 멀쩡하게 잘 찾아왔던 길을 잃고 차로 골목을 계속 돌고 돌아도 우리는 즐겁기만 했고 흥을 주체할 수 없었다.

게스트하우스에 돌아와 이층 침대 세 개에 나눠 자리를 잡고 짐을 푼 뒤 다시 중앙에 모였다. 갑자기 모두의 얼굴에 은근한 미소가 번지나 싶더니 각자 선물로 챙겨온 물건들을 주섬주섬 꺼내기 시작했다. 손수 뜬 마스크 스트랩, 책, 홍삼젤리, 초콜릿 등이 바쁘게 돌고 돌았다. 선물할 물건을 챙기며 기꺼웠을 마음이 예뻐서 서로 마주 보고 또 한참을 웃었다. 마침 평일이라 게스트하우스에 다른 손님이 없다는 사실을 확인한 터라 목소리를 줄일 필요도 없었고, 다음날 일찍 기상해야 했지만, 그 정도 체력은 돼서 늦게까지 근황을 묻기에 바빴다.

명실상부 여행의 첫날이 밝았다. 첫 목적지인 우도는 섬이 작아 차 없이 들어가는 게 낫다고 해서 차는 게스트하우스 주차장에 세워두고 게스트하우스 사장님의 밴을 타고 통영항으로 갔다. 우도행 배에 오르자마자 친구들은 뱃전에 붙어 서서 새우깡으로 갈매기를 유혹하기에 여념이 없었다. 갈매기들은 새우깡 간식에는 이골이 났을 텐데도, 여객들의 기대에 부응하듯 멋진 날갯짓과 '손 안 물고 새우깡 물어가기' 신공을 보여주었다. 이제 배 타는 것 정도는 일상이 된 섬 주민인 나는 벤치에 여유롭게 앉아 친구들을 바라보았다. 문득 이상한 기분이 들었다. 오래전부터 알고 지낸 사이도 아니고, 자주 보는 사람들도 아니건만 우리는 어떤 인연이기에 이렇게 만나 함께 먼 길을 나섰을까. 여행 전에 기대감을 높이고자 선영이 단톡방에 올려준 박노해의 시구절처럼 '인연은 서로를 알아보고 경외하는 것'이기에 가능한 일 같았다.

1시간이 채 못 돼 우도의 작은 선착장에 내려 달달달 캐리어를 끌고 예약해둔 펜션을 찾아갔다. 미리 알아본바, 통영 우도는 20여 가구가 사는 작은 섬이지만 전국 일곱 개 우도 중에서 제주 우도 다음가는 크기라고 했다. 인접한 연화도와 보도교로 연결되어 있어 편의시설을 상대적으로 규모가 큰 연화도에 많이 의존해서인지 손때가 덜 묻고 숲이 훼손되지 않아 마치 열대우림의 어느 작은 섬에 들어선 듯 이국적인 분위기가 느껴졌다.

펜션에 짐을 풀고 왁자지껄 떠들어 가며 구멍섬을 볼 수 있는 우도 끝자락으로 갔다. 자갈로 된 해변에서 구멍섬을 배경으로 사진을 찍고 물수제비도 던져가며 노닐다가 다시 섬 입구 쪽으로 돌아왔다. 우도에서는 유명 맛집 '송도호 식당'에서 점심과 저녁을 먹기로 되어 있었는데, 계획이 무색하게도 그곳이 우도 유일의 식당이었다. 선택의 여지가 없음을 걱정했으나 곧 기우였음이 밝혀졌으니, 송도호 식당에서 먹은 음식과, 식당 사장님과 보낸 정겨운 시간은 우리 여행에서 가장 기억할 만한 포인트 중 하나였다.

점심 메뉴는 해초비빔밥이었다. 차도 없이 섬에 왔으니 막걸리와 해물파전도 곁들이기로 했다. 우리가 주문한 건 그뿐이었지만, 딸려 나오는 반찬 가짓수는 끝이 없었다. 모두 바다에서 잡아 올리고 채취한 것들로 양념해 무치고, 삶아 볶고, 데쳐 초고추장과 함께 그릇에 담겨 나왔다. 리액션 장인에다 오랜 숙원 끝에 성사된 외유에 한껏 들뜬 우리는 손 크고 솜씨 좋은 사장님의 요리에 금광이라도 발견한 듯 손뼉 치고 비명 지르며 기뻐했다. 입장 바꿔 생각해봐도 말없이 꾸역꾸역 먹기만 하는 손님보다 맛있다고 엄지를 치켜올리며 행복해하는 쪽에 더 마음이 가게 되어 있는 법, 우리는 하나둘 허리띠를 풀었다.

사장님은 우리보다 두어 살 많은 언니여서 서로의 이야

기에 맞장구치고 한숨 쉬며 공감했다. 사장님과 대화 중에 내게 가장 깊이 와 닿은 건 두 딸의 사연이었다. 워낙 주민 수가 작은 섬이어서 또래 없이 외로운 딸들은 손님들을 그렇게 따랐단다. 명랑하고 붙임성이 좋은 아이는 손님들의 귀여움을 독차지했지만, 시간이 되면 손님들은 언제나 가게 마련이어서 딸들은 선착장에서 손을 흔들며 눈물바람을 하는 게 일상이었단다. 보다 못한 사장님이 큰딸을 뭍에 사는 친정어머니한테 보내기로 했다. 할머니와 살면서 유치원 다닐 때는 그렇게 명랑하던 아이가 할머니가 편찮으셔서 다시 섬에 들어와 연화도에 있는 초등학교 분교에 다니게 되자 또 다시 말을 잃고 외로움을 탔다. 나이별로 섬을 들고 나기를 여러 번 반복한 끝에 지금은 두 딸 모두 어엿한 대학생이 되어 힘든 엄마를 돕겠다고 주말마다 섬에 들어온단다. 씩씩한 여장부인 사장님이 딸들 애기를 하면서 눈가가 촉촉해졌는데, 그 심정을 모를 리 없는 우리도 함께 마음이 아팠다.

우도에서는 바다낚시를 체험해보기로 되어있었다. 선착장에서 선장님이 준비를 하는 동안 우리는 갯바위 틈에서 수줍게 얼굴을 내미는 고양이와 놀았다. 처음엔 한두 마리만 가까이 다가오더니 곧 여기저기에서 기다렸다는 듯 색색의 고양이가 튀어나왔다. 우리 다섯 명 중에서 고양이를 유독 무서워하는 경아가 사진을 제일 많이 찍었다. '넌 곧 집사가 될 운명'이라고 우리가 놀렸더니, 아들이 워낙 고양이를 좋아해서 사진을 보내려는 것뿐이라 우겨댔다. 분명 몇 달 안에 고양이를 들이게 됐다는 소식을 전해주리라 모두 장담했는데, 아직 그런 연락은 없다.

한참 놀고 있자니 선장님이 준비 완료를 알렸다. 구명조끼를 입고 흔들리는 작은 배에 올라타 바다 한가운데로 들어섰다. 선장님도 우리 또래인지 배 안을 채운 음악이 죄다 한창때 즐겨듣던 가요와 팝송이었다. 미리 주문을 했대도 이런 분위기를 연출하기는 어려웠을 듯했다. 우리는 어기영차 노를 저어라 출정가 대신 우리의 한 시대를 풍미했던 노래들을 목청껏 따라 불렀다.

나는 바다낚시 체험이 처음은 아니었다. 그래서 체험 낚시를 할 때는 바다낚시의 재미를 느낄 수 있게 물고기 잡힐 확률이 거의 백 퍼센트인 곳으로 배를 몰아간다는 사실을 알고 있었다. 그러나 나는 팩트로 김을 빼는 대신 첫 바다낚시에서 도다리를 잡은 내 무용담을 끄집어내 친구들의 기대감을 높였다.

사실 우리는 선장님이 완벽하게 준비해준 낚싯대를 드리우고 있다가 고기가 미끼를 물면 릴을 감아올리기만 하면 됐지만, 진지함만은 베테랑 낚시꾼 같았다. 그러나 고기가 줄을 당기는 것보다, 강태공 흉내 내며 세월을 낚는 것보다 우리를 더 황홀경에 빠트린 일이 곧이어 일어났다. 망망대해에 표표히 떠 있는 작은 낚싯배 주변으로 뭔가 발갛고 심상찮은 기운이 모이기 시작하더니 곧 까만 바다와 하늘을 가르는 수평선을 따라 핏빛 노을이 둥글게 띠를 두른 채 우리 주변을 빙빙 도는 듯했다. 아니 도는 건 우리였다. 눈으로 보면서도 믿을 수가 없어 계속 좌우를 두리번거리다 보니 우리가 돌고 바다가 돌고 하늘이 돌았다. 곧 모두 장관에 압도되어 아무 말 없이 가만히 노을만 바라보았다. 친구들은 그 순간 무슨 생각을 했을까. 아마 나처럼 친구들도 머릿속이 텅 빈 채 그저 이렇게 행복해도 되는지, 이게 과연 현실이 맞는지 반신반의했을 것이다. 지금도 눈을 감으면 그때의 광경이 눈에 선하다.

우리가 노을에 취해 있는 동안은 물고기들도 숨을 죽이고 있었는지 누구 하나 낚싯대가 당기는 느낌을 받지 못했다. 아니, 설사 그런 느낌이 들었더라도 알아채지 못했거나, 나중으로 미루고 싶었을 것이다.

한참 만에 노을이 떠나고 까맣고 말간 밤바다와 하늘과 우리만 남았다. 그제야 우리는 마법에서 깨어난 듯 한 명씩 입을 뗐고 전보다 더 시끌벅적해졌다.

"이게 말이 돼? 우리가 정말 이 아름다운 풍경을 본 게

맞아?"

왁자지껄 떠들다 말고 지영이 선장님께 한마디 했다. 이렇게 아름다운 광경을 매일 보면 꿈에서도 노을을 만날 수 있을 테니 얼마나 좋으냐고. 그때 선장님이 철딱서니 없는 우리에게 던진 한마디에 우리는 빵 터지고 말았다.

"아이고, 바다 꿈을 꾸느니 차라리 군에 한 번 더 다녀오는 게 낫겠심돠."

그래, 그런 거지. 우리에게는 낭만이지만 선장님에게는 처절한 현실일 테니까. 생각해보면 얼마든지 미루어 짐작할 수 있다. 선장님의 노심초사가 밑거름이 되어야 우리 같은 관광객이 만족할 수 있을 것이다. 너울이 심해서 계획된 낚시를 못 하게 되지는 않을까, 다 같이 낚싯대를 드리우고 있는데 누구는 연거푸 고기를 낚고 누구는 빈손이면 얼마나 실망이 클까. 과묵하고 행동 재바른 선장님의 시름이 그제야 조금 이해가 되는 듯했다.

그러는 사이 한 명씩 "어어!" 하며 뭐 마려운 강아지처럼 끙끙대더니 미친 듯 낚싯줄을 감아올렸다. 선장님이 전갱이를 낚았네, 쥐치를 낚았네, 재주가 좋네 하는 통에 작은 배 안은 흥분의 도가니로 변했다. 경아는 돔을 낚아서 '돔 선생'이라는 별명을 얻었다. 마릿수와 어종이 조금씩 차이는 났지만 한 명도 낙오된 사람 없이 모두 물고기를 잡았으니, 또래 선장님은 그제야 한시름 놓았을 것이다. 우리는 한 사람이라도 빈손이면 밤새 숙소로 돌아가지 않겠다고 버틸 기세였으니.

송도호 식당에서의 저녁은 더 흥겨웠다. 우리가 잡은 고기로 사장님이 회 뜨고 찜하고 매운탕을 끓여 주셨고, 이제 우리는 바다낚시를 다 정복한 사람들처럼 기고만장했다. 저녁이 되자 그러잖아도 적막한 섬은 고요 속에 잠들고, 그날 우도에 들어온 유일한 외부인인 우리들은 당장 우도로 이주해 올 것처럼 신명에 들떠 시간 가는 줄 몰랐다.

다음날 일찍 뭍에 볼일 보러 가야 한다는 사장님을 놓아드리고 펜션에 돌아와 또 한참을 떠들다가 각자 자기만의 루틴에 빠져들었다. 둘은 그날의 만 보를 채워야 한다며 방 안을 빙빙 돌고, 둘은 책을 읽고, 또 하나는 가족들에게 그날 찍은 사진을 보내기에 바빴다. 전날은 게스트하우스의 각자 침대에서 편히 잤는데, 넓은 방에 주르륵 누워 잠이 와줄까 걱정하면서도 한 명씩 스르르 잠에 빠져들었다.

아침에는 누가 먼저랄 것 없이 일찍 눈을 떴다. "일몰만 멋지면 우도가 아니야, 일출은 더 멋져!"라는 식당 사장님의 말씀을 들어둔 터라 일출은 반드시 봐야 했다. 부스스한 머리를 적당히 매만진 뒤 옷을 껴입고 밖으로 나갔다. 분명 인터넷으로 확인한 일출시간 전인데 탁 트인 곳 어디에서도 해 뜨는 장면은 보이지 않고 사방은 이미 희붐하게 밝아오고 있었다. 마침 배를 타러 나가던 식당 사장님을 만나 야트막한 산 위의 일출 포인트로 가야 해 뜨는 장면을 볼 수 있다는 말을 듣고 눈썹이 휘날리도록 뛰어갔다. 맞게 가고 있는지 우왕좌왕하는데 멀리서 해 뜨는 게 보였다. 아, 우도는 도대체 어쩌려고 우리한테 이렇게 아낌없이 다 주는 것인가. 전날 일몰에 이어 일출 역시 숨을 멎게 하고 말을 잇지 못하게 했다.

흑염소가 자기네 영역에 들어왔다고 "매헤헤" 울어대는 밭틀길을 지나오며 우리는 각자 마음의 고향을 얘기했다. 지영은 KOICA 단원으로 봉사활동을 하러 갔다가 코로나 바이러스 때문에 임기를 다 채우지 못하고 돌아와야 했는데, 에티오피아에서 마음 놓는 훈련이 된 것 같다며 언제든 다시 가고 싶은 곳이라고 했다. 나는 처음보다 오히려 연차가 쌓일수록 섬 생활이 새록새록 좋아져서 앞으로 어디에서 살든 내겐 평생 섬이 마음의 고향이 될 것 같다고 말했다. 또 한 친구는 그날 그곳에서 우리와 함께 바라본 풍경이 두고두고 마음에 남아 있으리라 말해서 모두의 '엄치척'을 받아냈다.

그날은 연화도에 가서 아침 겸 점심을 먹기로 되어 있었다. 짐을 챙긴 뒤 잠시 골목을 왔다 갔다 하던 중에, 어제부터 계속 음악이 흘러나오던 다이빙숍 앞에서 어떤 남자를 만났다. 그는 밑도 끝도 없이 잠시 차 한잔하고 가라며 우리를 안으로 청했다. 우리는 과연 들어가는 게 맞을지 서로 눈치를 보다, 뭐 죽기야 하겠냐는 객기로 안에 들어갔다. 작은 시골집 두 채를 이어 만든 실내는 숙박시설을 겸한 다이빙숍이었다.

우리는 사장님이 직접 나무를 잘라 만들었다는 앉은뱅이 다탁에 앉아 두리번거리며 실내를 구경했고, 사장님이 내온 진귀한 차와 직접 재배한 과일을 먹고 이런저런 이야기를 나누며 완전히 무장해제 되어버렸다. 사장님이 다이빙을 시작하게 된 사연, 우도로 오기까지의 과정 등을 들으며 친구들은 곧 각자의 반려자들과 그곳에 다시 오겠다는 결심까지 했다. 게다가 사장님이 우리와 비슷한 연령대이고 고향이 강릉이라는 부분에 이르자 갑자기 친구 선영이 간단한 호구조사를 시작했다. 그 결과 두 사람이 그리 멀지 않은 친척이고 선영이 사장님의 숙모뻘 된다는 게 확인됐다. 또 한 번 떠들썩하게 두 일가친척의 느닷없는 상봉을 축하했고, 여행지에서만 만날 수 있는 낯설지만 신기한 인연에 감탄했다.

캐리어는 펜션에 놔둔 채 보도교를 통과해 연화도로 건너갔다. 연화도는 불교적인 이름답게 큰 절과 바다를 내려다보고 선 거대한 불상과 사명대사의 흉상이 모셔진 토굴 등 불교 색채가 강한 섬이다. 보덕암 가는 길에는 최고 전망을 자랑하는 해우소가 있는데, 화장실 창문 밖으로 펼쳐진 망망대해와 시원한 바람을 마주하고 서면 말 그대로 몸과 마음의 시름이 다 날려가 버리는 듯하다. 누가 연화도에 가는 사람에게 딱 한 곳을 권하라고 하면, 눈과 가슴이 뻥 뚫리는 공중화장실 '해우소'에 꼭 들어가 보라고 말하고 싶다.

　나를 제외한 친구들은 연화도가 초행이고 기독교인이라 트레킹에 빙점을 찍었지만, 두어 번 와본 적 있는 나는 꼭 확인해보고 싶은 것이 있었다. 지난번에 사명대사가 수행했다는 토굴에 들렀을 때 토굴을 가득 채운 대사의 좌상을 보고 규모와 입체감에 압도되어 소름이 오싹 끼쳤다. 존재 자체에서 뿜어져 나오는 아우라가 어마어마했다. 마치 수백 년 전 인물인 대사가 오늘의 나에게 소리 없는 사자후를 터트리는 것 같았다. 당시 나의 상황 때문에 그런 감정에 휩싸인 것인지, 아니면 사명대사라는 인물이 앞으로 내게 엄한 스승 역할을 하려는 것일지 여러 번 다시 와보고 싶다는 생각을 했었다. 날씨에 따라 동행인의 유무에 따라 내 감정 상태에 따라 대사를 대하는 느낌이 달라지는지 확인해보고 싶었던 것이다. 그러나 이미 출렁다리와 용머리

전망대까지 다녀왔고, 다시 우도로 넘어가 섬을 나갈 준비를 해야 하는 상황이어서 친구들에게 말을 꺼내 볼 수 없었다. 아쉽지만 사명대사 토굴에는 나중에 나 혼자 다시 올 것을 기약했다.

짧은 연화도 일주를 끝내고 다시 우도로 넘어와 짐을 챙겨 펜션 밖으로 나오니, 그날 오전을 기점으로 아는 사이가 된 우도 다이빙숍 김 사장님이 승합차에 우리 짐을 실어 선착장까지 데려다주겠다고 했다. 선착장에서 배를 기다리는데 김 사장님이 다음 행선지를 물었다. 다음날 한산도에 잠깐 들를 계획이라 했더니, 혹시 한산도에서 요트를 타보겠느냐고 물었다. 요트? 요트! 거부하기 어려운 매력적인 제안이었다. 김 사장님은 당장 한산도 계시는 지인에게 전화를 걸어 의사를 타진했고, 곧 승낙이 떨어졌다. 한산도 전 선생님의 전화번호를 받아 챙긴 뒤 김 사장님과 작별하고 통영행 여객선에 올랐다.

통영항에 픽업 나와 주신 슬로비 게스트하우스 사장님의 승합차를 타고 게스트하우스에 가서 짐을 방에 들여놓고 다시 나왔다. 통영항 근처에서 저녁을 먹은 뒤 그즈음 개장한 디피랑에 다녀왔다. 남망산 공원에 위치한 디피랑은 디지털 테마파크이다. 빛과 인공조명이 만들어내는 환상의 세계는 섬과 섬을 들고 나는 아날로그적인 우리 여행과는 상반된 분위기였지만, 그래서 오히려 나쁘지 않았다. 그날은 우리 3박 3일 일정의 마지막 밤이라 밖에서 보내기보다는 숙소에서 우리만의 느낌대로 시간을 보내고 싶었다. 편의점에서 와인과 스낵을 산 다음 일찌감치 게스트하우스로 돌아왔다.

침대 사이 좁은 공간에 캐리어를 눕히고 그 위에 와인상을 차렸다. 준비해간 블루투스 스피커를 창가에 세워두고 신청곡을 받아 우리만의 BGM도 만들었다. 각자의 취향이 묻어나는 선곡이 모두 좋았지만, 그날의 압권은 현정의 신청곡이었다. 떠들썩하고 표현에 아낌없는 나머지 넷과는 달리 조용하고 철학적이면서도 은은한 미소로 지지와 응원을 보내는 현정다운 노래였고, 잊고 있던 추억의 곡이어서 더 울림이 컸다. '한밤중에 눈이 내리네, 소리도 없이 가만히 눈감고 귀 기울이면…' 송창식의 밤눈이었다. 모두 침대 모퉁이에 머리를 기대고 노래에 심취했다. 밤눈의 마지막 소절 '한 발짝 두 발짝 멀리도 왔네'를 들으며 우리는 눈을 가늘게 뜨고 서로를 바라보았다. 한 발짝 두 발짝 우리를 지금 이곳으로 떠밀어준 인연과 운명이 신기하고 간절해서 친구들의 얼굴을 보고 또 비실비실 웃었다.

다음날 아침, 가볍게 단장한 뒤 구내 카페테리아에 가서 슬로비의 자랑인 맛깔난 조식을 먹었다. 평소 가족들의 끼니 걱정을 달고 사는 우리는 어떤 산해진미보다 게스트하우스에서 제공하는 소박하고 정갈한 한식에 감격했다. 우리 중년여성들은 누군가 나를 위해 보통의 아침을 차려준 데 감사하며 한 그릇씩을 너끈히 해치웠다.

체크아웃 준비를 하는데 전날 소개받은 한산도 전 선생님께서 전화를 주셨다. 몇 시 배를 어디에서 타고, 내리면 어디로 오라고 세심하게 안내해주셨다. 통영항에서 배로 30분 거리에 있는 한산도는 이름처럼 한산하고 정갈한 느낌이었다. 전 선생님께서 알려주신 포구로 차를 몰아가니 저 멀리서 초로의 남자분이 손을 흔들고 계셨다. 우리는 각자를 소개한 뒤 바로 요트에 올라탔다.

전 선생님은 부산에서 교사로 일하다 은퇴하고 한산도로 오셨는데, 요트와 낚시 경력이 상당했다. 한산도에서 제2의 인생을 살기로 결정하게 된 계기, 근처 섬의 이름과 특징, 한산도에 사는 이색적인 사람, 요트 여행하셨던 경험뿐 아니라 요트의 작동 원리와 사모님과의 대학 때 로맨스까지, 이야기가 끝이 없었다. 요트를 타고 만경창파를 떠돌며, 강인하고 주체적인 한 사람의 인생을 굵은 선으로 훑는다는 느낌마저 들었다. 선생님은 딸 같은 우리가 신기한지 이것저것 물어봐 주셨고, 당초 허락한 30분을 서너 배

넘긴 시간 동안 돛을 부풀려주셨다.

요트 항해를 마치고 포구에 들어와 동화 속 주인공같이 아기자기한 사모님과 인사했다. 밥이라도 먹고 가라는 두 분의 호의를 정중하게 사양하고 다음에 꼭 다시 만나 뵙고 싶다는 바람을 남긴 채 선착장으로 갔다. 배 시간 때문에 한산도는 제대로 훑어보지 못했지만, 다음 섬 여행에 꼭 다시 한산도에 오자는 다짐으로 아쉬움을 달랬다.

통영항에 도착하고 나면 각자의 갈 곳으로 서둘러 흩어져야 했으므로, 배 안에서 작별인사를 했다. 모두 섬 여행의 매력에 흠뻑 빠진 터라 곧 또다시 만나자 약속했다. 그러나 바이러스가 잠시 소강상태여서 운 좋게 섬에 한 번 다녀온 뒤로 약속을 정하기만 하면 방역 조치가 상향되는 바람에 취소하기를 두어 번, 그 좋은 섬에 다시 가기는커녕 다 같이 얼굴 한 번 제대로 보지 못하고 있다. 문득 그리울 때면 한 번씩 단톡방에 모여 수다를 떨며 다시 만날 날을 기약한다. 언제 만나도 반갑고 정겹고 흥겨울 수 있음을 알기에 오늘의 기다림이 야속하지만은 않다.

섬은 자유요, 구속이다. 섬은 낭만이요, 공포이다. 섬은 고요요, 들끓음이다. 섬을 조금 아는 내가 섬을 처음 알아가는 친구들을 안내해 다녀온 3박 3일의 기억 덕분에 우리는 언제고 다시 만나 자유이자 구속을, 낭만이자 공포를,

고요이자 들끓음을 확인할 준비가 되어 있다. 때가 오면, 언젠가 선영이 단톡방에 올려준 박노해의 시 「길은 걷는 자의 것이다」를 인용해 '길은 걷는 자의 것이고, 섬은 건너는 자의 몫이다'라는 문구를 내세워 친구들을 또 꼬여볼까한다. 그러면 그때도 친구들은 서울, 일산, 대전, 충주에서 한달음에 달려올 테고, 길치와 방향치이지만 섬 주민이었다는 이점을 가진 나를 겁도 없이 따라나설 것이다. 그리고 우리는 박노해의 「길은 걷는 자의 것이다」를 함께 외우며 씩씩하게 섬과 섬을 넘나들 것이다.

길은
길을 걷는 자의 것이다

젊음은
젊음을 불사르는 자의 것이다

사랑은
사랑을 위해 자신을 바치는 자의 것이다

창조는
과거를 다 삼켜 시대의 높이에 선 자의 것이다

계절은

계절 속을 거닐며 향유하는 자의 것이다

인연은

그를 알아보고 경외하는 자의 것이다

하늘은

간설하게 기도하고 순명하는 자의 것이다

5장

회녀, 해녀학교에 가다

바다가 다시 나를 부르다

섬에 들어가 산 지 얼마 되지 않았을 때 제주도가 아니어도 물질을 배울 수 있는 곳이 있다는 정보를 접했다. 처음 그 소식을 들었을 때는 물질에 별 관심이 없었다. 섬은 다이빙을 하기에 더없이 좋은 환경이(라고 믿)었고, 내가 바다에 들어가 직접 채취하지 않아도 해산물은 얼마든지 사 먹을 수 있으니 굳이 직접 물질까지 할 필요를 조금도 느끼지 못했다.

그러나 의외의 걸림돌이 있었다. 섬에 들어간 직후 남편은 당뇨 진단을 받았다. 당뇨가 심각한 질병도 아니고 오히려 관리만 잘하면 더 건강해질 수 있다지만, 염세적인 남편에게 당뇨는 낙타의 등뼈를 무너뜨린 마지막 지푸라기가 되었다. 남편은 만사에 맥을 놓아버렸고, 다이빙은커녕 일상생활에서도 눈에 띄게 소극적으로 변했다. 안 그래도 집에서 인터넷만 있으면 모든 일을 할 수 있는 사람이 더욱 두문불출했다.

다이빙을 시작한 것도, 섬에 들어가 살아보기로 한 것도 모두 남편의 적극성으로 가능한 일이었는데, 남편의 기백이 떨어지자 아들과 나만 다이빙을 즐기기는 좀처럼 어려워졌다. 그러던 차 코로나19가 창궐했고, 여전히 장비 착용부터 모든 걸 다이버가 알아서 해야 하는 국내 다이빙이 내게는 역부족이었으며, 설상가상으로 즐겨 찾던 다이빙 리조트 주인이자 해외 스승님이었던 J사장님이 췌장암으로 세상을 등지자 힘들게 익힌 해양스포츠는 내게서 점점 멀어져만 갔다.

이제 물과 바다는 매일 걷는 운동 길의 근사한 배경이요, 카페나 정자에 앉아 책을 읽다 한 번씩 고개를 들어 망연히 바라보면 왠지 글감이 떠오를 듯한 영감의 저장고 역할만 할 뿐이었다. 그나마 바다가 지겹기는커녕 새록새록 더 좋아진다는 게 다행이라면 다행이었다.

그러던 어느 날, 그때도 신나게 바닷가를 걷는데 "휴우" 인지 "훽"인지 모를 단말마가 들려왔다. 퍼뜩 고개를 돌려 소리가 들린 곳을 확인했지만, 정체를 알 수 없었다. 뱃소리였나? 갈매기? 다시 발걸음을 돌려 몇 발자국 갔는데, 또 비슷한 소리가 들렸다. 다시 고개를 돌리니 까맣고 동그란 물체가 수면에 뜬 주황색 스티로폼 위에 올라와 있었다. 아, 해녀가 물질을 하고 있구나.

해변에 쪼그리고 앉아 물질하는 광경을 지켜보았다. 해녀가 물속으로 사라졌다 올라오는 시간, 즉 자맥질을 한 번 하는 시간은 불과 1분여밖에 되지 않았다. 그 짧은 시간에 뭔가를 따와서 테왁(해녀가 물질 후 수면으로 올라와 안고 쉬는 물건)에 달린 망사리에 넣고 잠시 숨을 돌린 다음 바로 다시 물속으로 사라졌다. 그러기를 수십 번.

그 뒤로 자주 해변에 가서 해녀들을 보았다. 내 단골 횟집 사장님도 제주도 해녀 출신이라 했고, Y섬에 해남(해녀일을 하는 남자)도 더러 있다는 소리를 들었다. 조금씩 해녀에 관심이 갔다. 바다가 해녀를 통해 내게 손짓하는 느낌이었다. 몇 년 동안 바다 가까이 살면서 한 번도 바다에 들어가 보고 싶지 않았던 게 무색할 만큼, 조금씩 몸이 들썩이기 시작했다.

내가 물질은 고사하고 다시 물에서 팔다리를 젓고, 호흡 조절해가며 헤엄이나 칠 수 있을까? 원래도 피나는 노력으로 근근이 수영과 다이빙 실력을 올렸는데, 5년 넘도록 완전히 쉬었으니 통 자신이 없었다.

방 한가운데 서서 상체를 숙이고 팔을 앞으로 뻗었다가 물을 가르듯 뒤로 빼보았다. 팔이 자동으로 위로 올라가더니 다시 앞으로 보내졌다. 어! 몸이 기억을 하나? 몸을 뒤집어 배영 동작도 해보았다. 물에 떠 천장을 보며 천천히 몸을 밀어 배영을 했던 느낌이 되살아났다. 내가 의외로 접영과 잠영(호흡을 참고 물속에 가라앉은 상태로 수영하는 방법)을 잘했던 기억도 떠올랐다. 어쩌면 수영과 다이빙이 가능할지도 모르겠다는 생각이 들었다. 그렇다면 물질에도 도전해 볼 수 있지 않을까?

해녀는 나의 운명?

 하하호호, 왁자지껄 떠들기 좋아하는 우리 집 식구들이
모이면 전설처럼 되뇌는 에피소드가 몇 가지 있다. 거기에
내 지분도 적지 않은데, 어째서인지 음식과 관련된 것이
많다.

 그중 하나는 어느 해 겨울, 소고기를 원 없이 먹으려고
식구들이 경북 영주에 총 출동했을 때 탄생했다. 그때 우리
는 모두 오랜만에 허리띠를 풀고 소고기를 먹어보기로 다

짐했다. 처음에는 말도 없이 고기가 다 익기도 전에 날름날름 먹어 치우느라 바빴지만, 어느 정도 배가 찬 뒤에는 한 명씩 너스레를 떨기 시작했고 나도 질세라 한마디 던졌다.

"있잖아. 내가 고기 정말 많이 먹잖아? 그런데 놀랍게도 내가 제일 좋아하는 음식은 회야!"

무슨 말을 저렇게 진지하게 꺼내는지 내게 관심을 집중하던 좌중은 이 한마디에 빵 터지고 말았고, 그 후로 틈만 나면 이 어록이 소환됐다.

"언니가 저렇게 고기를 많이 먹어도 제일 좋아하는 음식은 따로 있어. 바로 뭐다?"

"회지 회. 언니가 제일 좋아하는 음식은 회라고 회!"

이런 '나'이기에 내가 해녀학교 수업을 들어볼까 한다는 말을 꺼냈을 때, 식구 중 누군가가 이렇게 말하는 건 어쩌면 당연했다.

"설마 회녀겠지. 회를 좋아하니 회녀면 말이 되지만, 언니가 무슨 해녀를 한다고. 해녀는 아닐 거야. 제발 아니라고 해줘."

식구들은 동물이라면 질색팔색하던 내가 강아지를 품에 안고 가족모임에 나타났을 때만큼이나 어이없다는 반응을 보였다.

사실 해녀 일을 배워보고 싶은 마음은 컸지만 다시 바다에 들어갈 일이 걱정이었는데, 식구들의 반응마저 싸늘해서 슬쩍 자신감이 떨어졌다. 포기해버릴까? 내 주제에 해녀는 무슨 해녀야. 그러다 당장 수업을 하지 않을 수 없는 구실을 발견했다.

어렵사리 찾아 들어간 해녀학교 홈페이지에는 해녀학교에 지원할 수 있는 조건에 나이 제한이 있었다. 하한선은 신경을 쓰지 않아서 기억나지 않지만, 상한선은 분명 55세였다. 헉, 그렇다면 다가오는 회차의 수업을 수강하지 않으면 내겐 물질을 배울 기회조차 없다는 말이었다.

그걸 보는 순간 해녀가 될 수 있든 없든 일단 해녀학교에 등록은 해야겠다는 의지가 불타올랐다. 사실 내가 해녀학교에 간 2022년부터는 이전의 해녀직업양성반 통합 과정에서 각 1개월씩 입문, 중급, 고급, 직업 양성반 과정으로 세분화되었고, 각 과정을 거치는 동안 참여하는 사람들의 체력과 의지는 충분히 검증될 터라 나이 제한이 없어졌다. 그러니 이젠 마음만 있다면 (물론 사전 서류심사를 거치기는 하지만) 나이와 상관없이 누구나 입문과정에 도전해 볼 수 있게 된 것이다.

나이 제한이 없어졌다는 걸 확인했지만, 일단 마음을 낸 이상 바로 다음에 있을 교육에 참여하기로 결심하고 지원서를 작성해 보냈다. 마침 5년 동안의 섬살이에 종지부를 찍고 이사 나온 곳이 해녀학교와 멀지 않은 거리에 있었다. 섬에 있었다면 배 시간 때문에 주말 하루의 교육을 위해 2박 3일을 들여야 할 수도 있었다. 그걸 감수하고도 해녀 일을 체험해보고 싶었는데(실제로 그렇게 많은 시간과 정성을 들여 수업을 할 수밖에 없었다면 포기했을 공산도 컸는데), 모든게 내게 우호적인 방향으로 술술 풀리는 걸 보면 역시 해녀는 나의 운명인가 하는 생각이 절로 들었다.

테왁을 끌어안고 오리발을 저어 바다로

해녀학교에 가서 가장 놀랐던 건 해녀나 해남이 되기를 원하는 사람이 생각보다 훨씬 많다는 사실이었다. 게다가 해녀학교를 맡아 이끄는 국장님이나 안전요원과 선생님으로 자원봉사 하는 선배들의 열정도 상당했다. 모두 해녀 전통의 명맥을 잇겠다는 각오로 똘똘 뭉쳐진 분들 같았다.

첫날 자기소개 시간에 각자 해녀학교에 오게 된 계기를 털어놓았는데, 많은 분이 귀어(농사를 지으러 농촌으로 돌아가면 귀촌, 어업을 하러 어촌으로 가면 귀어)해서 제2의 인생을 살고 싶어 했고, 그 방편으로 물질을 하려는 계획을 가지고 있었다. 본격적으로 물질을 배워보고 싶은 마음보다는 물과 다시 친해질 계기를 마련하고 싶었던 나였지만, 해녀의 역사와 점차 명맥을 잃어가는 해녀의 현 상황을 들으니 왠지 나도 나름의 역할을 해야겠다는 다짐을 하게 됐다.

내가 속한 반에는 스쿠버다이빙이든 프리다이빙이든 바다수영이든 이미 해양 스포츠를 경험한 경력자들이 많아, 여느 입문과정보다 훈련의 강도를 높여도 될 것 같다는 국장님의 말씀에 잘 해낼 수 있을지 조금 긴장이 됐다.

물 관련 스포츠는 반드시 짝을 이루어 활동해야 한다. 그래야 물에서 만날 위험을 최소화할 수 있기 때문이다. 본격적으로 물에 들어가 실기를 하기 전에 전 교육 과정을 함께할 짝을 발표했다. 내 실력이야 어찌 됐든 다이빙 경력이 햇수로 10년이 되다 보니 내가 경력자로 초보와 짝이 되었다.

내 짝은 나보다 몇 살 적은 중년 남자로 말수가 적었고, 귀어를 꿈꾸지만 바다 경력은 전무하다시피 했다. 즉 장비 준비에서부터 수중활동까지 경력자인 내가 짝을 주의 깊게 살펴야 한다는 의미였다.

다이빙 슈트를 입고 각자의 테왁(해녀 물질의 기본 도구로,

가슴을 없고 헤엄치기에 알맞은 부력 도구)을 챙긴 다음 준비운
동으로 몸을 푼 뒤 조심조심 바닷가로 내려섰다.

몇 년 만에 다시 신은 오리발은 여전히 거추장스러웠지
만, 바다로 자박자박 걸어갈 때 발끝에서부터 차가운 바닷
물이 조금씩 위로 전해지자 온몸에 소름인지 전율인지 모
를 새삼스러운 기운이 자르르 번지는 게 싫지만은 않았다.

이제 짝끼리 팀을 이뤄 테왁 위에 몸을 싣고 방파제 근처
수면 얕은 곳을 따라 약 5미터 왕복해서 헤엄쳐 다녀와야
했다. 잘할 수 있을 거라 스스로를 다독이고 호흡을 고르
며 옆에 선 짝을 보았는데, 눈빛이 심상찮았다. 후드와 수
경으로 얼굴 절반을 가렸는데도 긴장한 티가 역력했다.

곧 출발 신호에 따라 테왁을 끌어안고 오리발을 저어 천
천히 몸을 앞으로 밀어 헤엄쳤다. 항상 짝과 보조를 맞춰
야 해서 수시로 옆을 봤는데, 짝이 긴장해서 몸에 힘이 들
어가 테왁을 놓치고 허우적대는 바람에 물을 먹고 힘들어
했다. 나도 가던 길을 멈췄지만, 내 코가 닷 발이라 적극적
으로 돕지 못하고 안타까워하고 있자니 안전요원 선배들
이 구세주처럼 나타나 짝을 진정시키고 천천히 함께 앞으
로 나아갔다. 덕분에 나도 속도를 내야 한다는 부담감 없
이 보조를 맞춰 물에 몸을 맡겨볼 수 있었다.

물에서는 무조건 겸손해야 한다. 경력이 많다고 방심했

다간 물이 가만히 두고 보지 않는다. 짝이 힘들어한다고 해서, 내가 경력이 있다고 해서 나의 안전을 확보하지 않은 채 짝을 도와줄 수는 없다. 자칫 둘 다 위험에 빠질 수 있기 때문이다. 그래서 나는 바다 경험 없는 짝에게 (무늬만) 경력자로서 늘 눈으로 안위를 살피는 역할을 했다. 짝이 조류에 쓸려가거나 테왁을 놓쳐 힘들어할 때는 내가 가서 손을 잡아주기보다 목소리를 높여 안전요원을 불렀다. 나는 몸의 기술면으로는 무늬만 경력자였지만, 안전면에서는 현명한 경력자였다고 자부한다.

어떻든 나의 경력자 역할은 그리 오래 가지 않았다. 입문 과정이 끝날 때쯤엔 나보다 짝이 훨씬 자맥질(물속에서 팔다리를 놀리며 떴다 잠겼다 하는 것)을 잘했다.

몸은 기억해내는데 마음이 브레이크를 걸어

물질은 내내 여성들의 전유물이었을까? 그렇지는 않다. 옛날에는 해남이 많았다고 한다. 조선 초기 조정에 바칠 진상품으로 큰 인기를 누렸던 전복은 주로 해남이 땄다. 정해진 기간 안에 귀한 전복을 따내는 일은 엄청난 고역이었고, 기간 내 할당량을 맞추지 못하면 엄벌에 처해졌으므로 많은 해남들이 제주 섬을 떠나 뭍으로 도망갔다. 해남이 떠나버리자 주로 미역이나 톳 등을 따던 해녀들이 전복을 따 진상하게 됐고, 그때부터 해녀들은 거친 파도와 맞서고 남자들이 떠난 바다를 지키는 질긴 생명력의 상징이 되었다.

다행인지 불행인지 해녀학교에는 남학생의 수강 비율이 꽤 높은 편이다. 그러나 역사적인 사실이 증명하듯 남자들은 해남으로 오래 일하기가 쉽지 않은 모양새이다. 이미 오랫동안 여성의 일로 여겨진 까닭에 새삼 해남의 역할을 주장해 얻어내기가 그리 만만하지는 않을 것이다.

(다시 해녀인구를 늘리고 해녀문화를 확대하려면 남성들의 참여가 많아져야 하고 명칭도 '해녀' 아닌 '해인'으로 바꿨으면 좋겠다는 개인적인 바람이 있지만, 전통을 무시하는 게 될 테니 쉽지는 않을 것 같다.)

해녀학교에서는 실기가 강조되어야 할 부분에서는 과감하게 실기의 비중을 높였고, 꼭 알아야 할 역사적인 내용은 강조하고 지나가는 등 상당히 효율적인 수업을 했다. 특히 물질에 필수인 숨 참기 훈련을 통해서 인간이 실재하지 않는 고통에 얼마나 취약한지를 느껴보고, 슬픔도 분노도 실은 자신이 만드는 것이라는 철학적인 사고까지 할 수 있었다. (그 뒤로 한 번씩 일삼아 숨을 참음으로써 헛 고통을 느껴보고 한계에 도전해보고 있는데 해볼 만하다.)

평소 꼭 해보고 싶던 인명구조 훈련도 했다. 비록 사람의 몸 상태와 비슷하게 만든 마네킹에 대고 연습을 해야 했지만, 좋은 경험이 되었다. 가족이나 동료가 아닌 한 섣부른 구조 활동은 하지 않아야겠다는 다짐을 하게 됐지만, 평상시에 여러 상황을 상정해 어떤 선택을 해야 할지 생각해보게 된 것만으로 의미가 컸다.

물속에서 팔다리를 움직이며 떴다 잠겼다 하는 행동을 자맥질이라 하는데, 자맥질의 기본은 숨을 얼마나 효과적으로 참을 수 있느냐, 그리고 얼마나 욕심을 버릴 수 있느냐에 달려 있다. 해녀학교에서는 자맥질할 수 있는 실력에 따라 개별 교육이 이뤄졌는데, 수영이나 다이빙을 해보지 않았어도 수준에 맞춰 단계별로 잠수를 할 수 있게 도와주기 때문에 물을 두려워하지만 않는다면, 그리고 안 되면 될 때까지 해보겠다는 마음의 준비만 되어 있다면 큰 무리 없이 자맥질을 배워볼 수 있다.

타고난 몸치이지만 수영과 스쿠버다이빙을 한 이력이 있어, 나도 크게 뒤처지지 않고 따라갈 정도는 됐다. 그러나 5미터 정도 내려갔다 올라와 10초 쉬고 금방 다시 잠수하는 걸 몇 번이나 반복하자 체력이 달리고 힘에 부쳤다.

입문과정이 끝나가자 중급, 고급을 거쳐 직업 양성반까지 갈 것인지 물질 체험으로 끝내야 할지 결정해야 했다. 마침 다른 바쁜 일이 생겨 일정을 잡기가 어렵기도 했지만, 그게 아니어도 계속 나아가야 할지 고민이 컸다.

길지 않은 해녀 수업을 통해 해녀는 아무나 할 수 있는 일이 아니란 걸 깨달았다. 반드시 해녀가 되겠다고 마음먹은 사람에게도 거친 바다에서 숨을 참아가며 물질하기는 쉽지 않다. 그런데 나는 해녀가 되겠다는 생각보다 어렵게 배워 적응한 수중스포츠를 다시 할 수 있는 계기가 필요했고, 질곡 많은 해녀분들의 삶을 지근거리에서 보면 글감이 될 수 있지 않을까 하는 불순한 의도가 더 컸다는 자각이 들었다. 결국 물질은 절실함 없이 덤벼들어선 안 될 일이라는 결론에 이르렀다.

대신 해녀학교에서 만난 해녀어머님들과, 만만찮은 시간과 금전적 비용과 강도 높은 훈련을 감수하고 도전에 나선 예비해녀들, 그리고 애쓰는 만큼 보상이 따라주지 않음에도 혼신을 다해 교육에 힘쓰는 해녀학교 선생님들의 삶과 도전과 뚝심은 계속 관심을 가지고 지켜보고 싶었다.

해녀학교에서도 반드시 물질을 하는 것만이 수료생 궁극의 목표일 필요는 없다고 했다. 해녀 배를 운영할 수도 있고, 신개념의 수산업을 만들어낼 수도 있다. 여러 예술의 장르로 해녀문화를 알려도 좋고, 다른 해안도시의 해녀들과 연계하는 식으로 해녀커뮤니티를 구축하거나 수산업이 발전할 수 있게 정책적인 일을 하는 등, 할 일은 무궁무진

하다고 했다. 그렇다면 나도 나만의 '해녀'가 되어볼 구상을 해도 좋을 것 같았다.

해녀에 관심을 가지는 사람은 굉장히 많다. 물론 거품도 많다. 해녀보다 해루질(주로 밤에 얕은 바다에서 맨손으로 어패류를 잡는 일을 일컫는 방언)에 욕심이 있어서 해녀학교를 찾는 경우도 적지 않다고 알고 있다. 그러나 가능한 한 많은 사람이 우선 체험해보는 건 권장할 만하다고 생각한다. 그 과정을 통해 더 적극적이고 더 절실하고 더 바다 자체를 좋아하는 사람들이 물질에 도전해서, 아슬아슬하게 명맥을 이어가는 해녀문화가 더 널리 알려지고 안정적으로 정착, 전수되는 기회가 됐으면 좋겠다.

나는 입문과정을 마치고 '일단 멈춤'했지만, 생각이 정리되면 다시 해녀학교를 찾아 남은 과정을 잇고, 두렵지만 설레는 마음으로 해녀 배에 오르게 될지도 모른다. 그때까지 따로 숨 참기 훈련과 수영 연습을 하면서 열린 결말을 향해 뚜벅뚜벅 걸어가 볼 작정이다.

6장
바다의 여성들, 해녀 이야기

모든 걸 쏟아부었기에
해녀가 될 수 있었어요

당찬 신세대 해녀 **신호진** 씨

삼십 대 후반, 서울 출신, 영문과를 졸업하고 IT 업계에서 10년 동안 성실히 일한 재원, 초등학생 아이 둘의 엄마, 거제 해녀 경력 2년. 어느 것 하나 호기심이 가지 않는 부분이 없었다.

사전 조사도 쉬웠다. 매체에서 관심을 가지기 좋은 조건이라 이미 보도도 많이 됐다. 만나자고 하면 귀찮아하지 않을까 염려하며 문자를 보냈다. 의외로 흔쾌히 만남을 수락

했다. '저는 좋아요'라는 호의적인 대답으로.

아이들 저녁을 챙겨야 하니 괜찮다면 저녁 8시에 만나자고 했다. 금요일 저녁, 이미 어두워진 도로를 달려 낯선 곳으로 차를 몰았다. 일찍 나섰지만 내비의 명령을 한 번만 놓쳐도 자칫 약속 시간을 어길 수 있어 잔뜩 긴장했다. 다행히 10분 전에 도착해 문자를 보냈다.

'입구 쪽 자리에 앉은 숏컷한 사람이 접니다'

007 미팅이라도 하는 것 같았다. 갑자기 신이 났다.

카페 창밖으로 호진 씨가 걸어오는 게 보였다. 자리에서 일어나 그를 맞았다. 사진이나 동영상으로 본 것보다 실물이 더 예뻤다. 그리고 영리해 보였다. 음료와 조각 케이크를 시켜놓고 인터뷰를 시작했다.

지금 하고 있는 일에 만족하느냔 질문은 하지 않아도 될 것 같았다. 낯빛이 밝았다. 빙빙 돌려 말할 필요도 없을 듯했다. 먼저 매체에 소개된 내용을 볼 만큼 봤다는 표시를 냈다. 인터뷰를 얼마나 능숙하게 잘하던지 방송 체질인 것 같다고 칭찬하면서 해녀 일 덕분에 의외의 재능을 찾게 된 거냐고 물었다.

"전에 PM(제품과 관련된 모든 활동을 담당하고 관리하며 책임을 지는 사람)으로 일하면서 늘 새로운 사람을 만나 상품을 홍보해와서 그런지 사람을 만나 대화하는 건 그렇게 어렵지 않아요."

자연스럽게 전에 했던 일로 화제가 넘어갔다. 호진 씨는 게임 업체에서 10년 일하는 동안 승진도 빨랐고 회사에서 신임받으며 탄탄대로를 달렸다. 그러나 어느 순간 자신의 10년 후가 그려지지 않았다. 게임 업체의 특성상 여성 직원이 많지 않아 롤모델로 삼을 윗사람이 없었고(며칠 전 함께 일하던 동료들을 만났는데, 대화 중에 이들이 어느새 후배들의 롤모델이 되어가고 있음을 느낄 수 있었다), 스스로 그런 역할을 할 자신도 없었다. 게임이 좋아 게임회사에 들어갔지만, 급변하는 시장의 요구에 발맞춰나가기엔 아이 둘 키우는 워킹맘이라는 위치가 적당하지 않아 보였다. 젊은 사람들이 더 잘할 일을 자신이 꿰차고 있지는 않은지 회의가 들기 시작했다. 회사에서는 끝없이 더 나은 실적을 요구했고, 몸과 마음이 지친 데다 큰 수술까지 하게 됐다. 아픈 몸으로 어렵사리 눈을 떴는데, 죽음을 앞두고 보이는 풍경이 회색은 아니었으면 좋겠다는 생각이 들었다. 인생 전반을 다시 생각하는 계기가 되었다.

"다른 어떤 일을 하면 좋을까 생각했더니 바다가 떠올랐어요. 바닷가에 살지는 않았지만, 어릴 때부터 수영장에 가면 그렇게 신이 났어요. 사춘기가 되면 보통은 수영장에 안 가는데, 저는 그저 좋기만 했어요. 대학 때 살 빼기 위해 또 수영장에 갔고, 거기서 남편을 만났죠. 남편도 저도 바다를 좋아해서 연애할 때도 틈만 나면 바다에 다녔어요. 이렇게 될 거라 생각은 안 했지만, 물과는 계속 인연이 있었던 것 같아요."

호진 씨는 끝없이 펼쳐진 바다로 배를 타고 물질을 하러 나가며 늘 설렌다. 바다의 생동감이 좋다. 바다와 전생의 못다 한 인연을 잇기 위해 이곳에 와 있다는 느낌마저 든다.

해녀학교 입문반 출신으로서 좀 더 전문적이고 싶지만 물질이 힘들지 않느냐는 뻔한 질문을 하지 않을 수 없었다.

"어우, 힘들어요. 처음 물질을 시작하고 15kg이 빠졌어요. 지금도 귀가 먹먹하고요. 이관개방증이라고 이관이 평상시에도 비정상적으로 계속 열려 있어서 생기는 증세래요. 하지만 일상생활에 크게 문제는 없고, 체중도 서서히 회복하고 있어요."

왜 이런 선택을 했나 후회할 때는 없는지, 다른 인터뷰들과는 다른 이야기를 끌어내 보고자 내가 교활한 뱀처럼 물었다.

"여기에서는 한겨울에도 물질을 하거든요. 추운 날 물에 들어가면 온몸이 찢어지듯 찡하면서 울고 싶어져요. 그런 적이 두 번 정도 있었어요. 그럴 땐 내가 이렇게 극단적인 추위까지 견디려고 해녀가 된 건 아니었을 텐데 싶고, 이

모습을 우리 부모님이 보시면 대학 나와 좋은 직장까지 들어갔는데 왜 저러고 있나 많이 속상하실 것 같더라고요. 저도 애 키우는 엄마가 되고 보니 그럴 땐 좀 서러워요."

서울 출신 호진 씨가 처음에는 사투리에 적응이 되지 않아 같이 배를 타는 일곱 분의 나이 든 해녀의 말을 못 알아들을 때가 있었는데, 지금은 많이 적응했다. 울산 출신 남편에게 도움도 받았다. 이번엔 또 몇 달이나 있다 가려나 눈초리가 곱지 않던 해녀어머니들도 1년이 지나자 마음을 열어주었다.

"비록 말투는 무뚝뚝하시지만, 속정이 느껴져요. 제가 물질해온 물건이 적으면 어디선가 소라나 전복이 툭툭 날아와요. 숨 참아가며 어렵게 잡은 물건을 아무 일 아니라는 듯 제게 보태주시는 거죠. 한번은 제가 아침에 남편과 말다툼을 하고 기분이 안 좋은 채로 배에 탔더니, 어머니들이 단번에 알아보시더라고요. 신랑하고 싸웠제? 우리 때는 아침 댓바람부터 밥상도 날라가고 막 그랬다. 사는 게 다 그렇다. 마음 쓰지 마라. 그래도 나중에 봐라, 신랑밖에 없데이, 그러시는데 굉장히 큰 위로가 됐어요. 그런 정서가 저랑 잘 맞는 것 같아요. 표나지는 않지만, 은근히 챙겨주시는 깊은 마음 같은 거요. 그래서 아마 경상도 출신 남편을 만나지 않았나 싶어요."

해녀어머님들과 새로 해녀가 되고자 하는 사람들과의 관계가 다 이렇게 좋지만은 않다. 설과 추석 명절을 제외하면 1년 내내 작업하는 환경이 젊은 사람으로서는 감당하기 어렵다. 잠깐 집에 다녀온다고 떠난 뒤 다시 돌아오지 않는 경우가 허다하다. 호진 씨는 어디에서 무슨 일을 하다 온 젊은 사람이라도 수긍할 수 있는 작업 환경을 만들고 싶은 포부가 있다. 하다못해 일주일에 하루라도 쉬는 날이 있어야 하고, 산소 치료도 정기적으로 받을 수 있었으면 좋겠고, 해루질(얕은 바다에서 맨손으로 어패류를 잡는 일)을 취미가 아닌 업으로 하는 사람들에게 대응할 수 있는 힘도 기르고 싶다. 또 거제에서 활동하는 차세대 해녀 약 스무 명이 연대해서 서로에게 큰 힘이 되어주기를 바란다.

호진 씨는 몇 달 전에 인스타그램(@team_haewoon)을 시작했다. 직업으로의 해녀를 솔직하게 알리고 싶어서이다. 마케팅을 잘했던 인재답게 SNS도 솔직하고 감각적으로 잘한다. 어느새 팔로워도 많아졌고 응원해주는 사람도 늘었다. 호진 씨는 근처 포인트에 대한 정보를 기록해서 다이빙이나 낚시를 하는 사람들에게 도움을 주고 싶다고도 했다.

해녀라는 직업이 왜 이어져야 하느냐는 질문을 던지면서도 당연히 좋은 전통이니 계승되는 게 바람직하지 않으냐는 뻔한 대답을 기대했던 나는 호진 씨의 답변에 소름이 끼칠 정도로 놀랐다.

"물질이야말로 가장 자연 친화적인 어업이잖아요. 우리나라 상황은 아직 잘 모르겠지만, 외국은 그런 경우가 많다더라고요. 예를 들어 참치를 잡는다면, 딱 참치만 잡을 수 있게 설비를 해서 다른 물고기가 살아남게 하고 남획에는 제제를 가하는 식으로요. 나잠어업(맨몸으로 잠수해서 수산 동식물을 포획, 채취하는 어업을 일컫는 말)만큼 자연환경을 생각하고 공존하는 어업이 없을 것 같아요. 기계를 동원해 어리든 크든 가리지 않고 해산물을 잡아 씨를 말려서는 바다에 남아나는 게 없을 거예요. 사람 손으로야 잡아봤자 얼마나 잡겠어요. 덜 큰 것들은 놔줘야 생태계가 유지되기도 하고요. 해녀어머님들은 바닷속 생물의 천적과 공생 관계를 잘 알아요. 어떤 생물들끼리 상극인지 어떤 생물이 어느 시기에 나오면 어떤 생물이 세력에서 밀리는지 직접 눈과 몸으로 확인하시니까요. 바다를 잘 아는 사람들이 바다를 제일 사랑할 수 있지 않겠어요?"

최근 지속가능 발전 교육에 반 발쯤을 담그고 있던 터라, 호진 씨의 설명에 더 관심이 갔다. 해양환경 문제와도 당연히 연관성이 있을 듯했다.

"해양 쓰레기 문제가 워낙 심각해서 청소하려면 장비를

동원할 수밖에 없겠지만, 바다 환경을 잘 아는 해녀들과 협업을 하면 더 쉽고 효과적으로 접근할 수 있을 것 같아요."

역시 다각도로 생각을 많이 하는 것 같아 해녀와 연결하면 좋을 것 같은 다른 아이템은 혹시 없을지 물어보았다.

"얼마 전에 프리다이버와 어떤 프로그램을 위해 함께 촬영한 적이 있어요. 비슷한 것 같지만 서로 모르던 걸 알게 되는 귀한 시간이었어요. 프리다이빙 하시는 분들도 여러 결이라 어떤 분들은 처음부터 해루질을 할 생각으로 입문하고, 또 어떤 경우는 그런 쪽은 아예 생각도 하지 말라고 교육하기도 하고요. 이번 기회에 서로에 대한 이해의 폭이 커진 것 같아요. 그때 생각한 건데, 거제는 제주만큼 물이 맑지 않아서 가끔 다이빙을 어려워하시는 분이 있더라고요. 해녀들과 함께 다이빙을 하면 바닷속이나 바다생물에 대해 더 잘 알게 되고, 나아가 서로에 대한 이해 부족으로 일어나는 사소한 시비를 조금이라도 줄일 수 있지 않을까 싶어요. 그런 프로그램이 있어도 좋지 않을까요?"

최근에 가장 관심을 가지고 있던 숨비소리에 관해 물어보았다. 해녀들이 자맥질하고 난 다음 수면에 올라와 호흡을 내뱉으며 내는 소리를 '숨비소리'라고 하는데, 보통 사람들은 해녀들이 물질하는 장면보다 그 소리를 더 자주 접

한다. 호진 씨는 흔히 알려진 독특한 숨비소리는 내지 못한다. 참았던 호흡을 길게 내뱉는 끝에 옅은 휘파람 소리가 간혹 나긴 하지만, TV나 영화에서처럼 '휘이이' 하는 길고 청명한 숨비소리가 항상 자연스럽게 나지는 않는다. 이건 해녀들마다 습관의 차이이다.

"해녀라면 무조건 숨비소리지 하고 애써 소리를 만들어내는 사람도 있는데, 이건 자연스럽게 터져 나오는 소리와는 사뭇 달라요. 바다가 아닌 육지에서도 고된 육체노동 끝에 한숨이 터져 나오지만, 한숨 쉬는 방식과 크기는 제각각인 것과 비슷할 듯해요."

호진 씨는 어느 날 자맥질 후 숨을 내뱉으려고 수면으로 올라왔다가 바로 옆에 있던 어떤 생명체와 눈이 마주쳤다. 수달이었다. 마침 수달도 숨을 쉬러 올라온 모양이었다. 영상으로 보던 것과 똑같이 예뻐서 가까이 가려고 몸을 움직이자 순식간에 달아나버렸다. 웃는 고래로 알려진 상괭이를 멀리서 본 적도 있다. 바다에서는 조금만 큰 물고기가 나타나도 크게 보이고 북북 소리가 들려, 자칫 크게 놀랄 수 있어서 항상 경계해야 한다.

바다에서 길을 잃은 적은 없단다. 육지가 어디인지 미리 확인해놓고 가늠하면 되기 때문에 오히려 길이 많은 땅 위 도로보다 찾기가 더 쉽단다. 그게 왜 힘든 일인지 이해하지 못하는 표정이기에, 동서남북도 구별 못 하는 내게는 몸 한 번 돌리고 나면 전혀 다른 세상이 되므로 바다에서 길 찾기가 누구에게나 쉬운 일이라 말하지는 말아 달라고 부탁했다. 그제야 호진 씨는 아닌 게 아니라 공간지각 능력도 좀 있는 편이고 대담하다고 고백했다. 놀이기구를 즐겨 타고 가족들 모두 모험심도 있는 편이란다.

게다가 호진 씨의 어릴 적 꿈은 곤충학자였다. 여름만 되면 할아버지 댁 뒷산에 가서 곤충을 잡아 와, 어머니를 기함하게 했다. 풀과 비슷한 색으로 위장한 곤충도 호진 씨의 매서운 눈을 피해 가지 못했다. 풀밭이 물밭으로 고스란히 옮겨진 듯 호진 씨는 그 귀하다는 전복도 잘 잡는다.

"전복이 제 모양 그대로 나와 있지는 않거든요. 돌 틈에 전복의 일부만 보이기 때문에 자주 보지 않은 사람은 그게 전복인지 잘 모른다더라고요. 그런데 저는 전복을 잘 구별 해서 찾아내요. 어머니들이 저더러 타고났다고 하셔요. 어머님들께는 얘기하지 못했어요. 어머니 제가요, 예전에도 곤충을 잘 잡아서…."

해녀들 사이의 미신 중에 '첫 숨에 전복을 보면 재수가 없다'라는 게 있다. 아마 그날 작업을 시작하자마자 귀한 전복을 땄다고 하면 다른 사람들이 시샘을 할까 봐 만들어 낸 말이 아닌가 싶은데, 호진 씨도 공연히 기분 탓인지 첫 숨에 전복을 본 날은 오히려 수확량이 많지 않았단다. 이제 해녀들의 고유한 문화라고 해도 과언이 아닐 만큼, 연세 많은 해녀들은 '뇌선'이라는 분말형 진통제 없이는 물질을 하지 않는다. 하루 수백 차례 자맥질로 만성 두통이나 신경통을 달고 사는 해녀들에게 '뇌선'은 가장 믿음직한 만병통치약이다.

"저도 초기에 콧물감기 때문에 뇌선을 먹어본 적이 있어요. 증상이 금세 말끔해지는 게 오히려 무서웠어요. 진정을 넘어 효과가 마취에 가깝더라고요. 해녀어머님들도 웬만하면 먹는 버릇을 하지 않는 게 좋다시면서도 아침마다 뇌선을 나눠 드세요. 아, 믹스커피도요."

직장 다닐 때 롤모델로 삼을 여성 선배가 보이지 않는 게 제일 막막했다던 말이 떠올라 지금 함께 배를 타는 해녀어머니들 중에 닮고 싶은 분이 있는지 물었다. 이 힘든 물질을 해서 가정 경제를 일으키고 자녀들 공부시키는 것도 모자라 층층시하의 세월을 견뎠다는 점에서 모든 해녀분을 존경한다고 했다.

이야기를 나누는 중에 호진 씨의 아들이 전화를 했다. 자격지심 때문인지 저녁 시간에 엄마를 채간 나를 탓하는 것만 같았다. 자연스레 아이들 얘기로 넘어갔다. 초등 3학년인 딸아이는 엄마가 해녀라는 걸 어디서든 자랑한다. 초등

6학년인 아들아이는 사람들이 엄마를 보고 왜 대단하다고 하는지 궁금해한다. 남들이 잘 하지 않는 힘든 일을 하니까 응원해주려고 그러는 것 같다고 대답해준다. 첫인상 대로 영리하고 겸손한 답이 아닐 수 없다. 간혹 저녁에 온몸이 아프다고 하면 아들아이는 또 궁금해한다. 엄마는 서울에서 좋은 직장 다녔는데, 왜 여기에 와서 해녀가 되었느냐고. 아들과 아직은 허심탄회한 대화를 하지 못해서 호진 씨는 조금 답답하다.

"결혼과 출산을 빨리 한 덕분에 이런 결정을 할 수 있었던 것 같아요. 아이들을 데리고 어릴 때부터 여기저기 많이 다녀서 거제 오자고 했을 때 별말들은 없었어요. 처음엔 주위 친구들의 말씨나 태도가 달라 어려워했지만, 지금은 잘 적응하고 있어요. 남편요? 처음에는 반대를 많이 했어요. 그 어려운 일을 왜 하려느냐고요. 그러다 코로나를 거치며 재택근무를 한 덕에 남편이 제가 얼마나 전투적으로 일하는지 옆에서 보게 됐어요. 그러던 차에 수술까지 했거든요. 남편이 저를 잃을지도 모른다고 생각했던 것 같아요."

날씨 앱을 다섯 개나 참고하던 호진 씨가 요즘은 날씨에 별로 신경을 쓰지 않는다. 파고가 높으면 물질을 쉴 수 있을지도 모른다는 바람에서 매일 아침 날씨를 살폈는데, 호진 씨가 타는 해녀 배는 활동하는 바다 범위가 넓어서, 여기 아니면 또 다른 곳에 가서 물질을 할 수 있어 바람이나 파고 때문에 일을 쉬는 날은 거의 없다.

"일 년에 설과 추석 두 번만 공식적으로 물질을 쉬어요. 주말도 없고 휴가도 없죠. 얼마 전에 광복절인 줄 모르고 딸아이를 등교시킨 적이 있어요. 제가 쉬는 날이 없으니 휴일이란 걸 몰랐던 거죠. 다행히 딸아이가 똘똘해서 제가 일하는 곳까지 걸어서 찾아왔더라고요. 어머님들이 제발 정신 좀 차리라고 혼내셨어요. 야단맞아 싸요, 제가. 아, 태풍이 오면 길게 쉬기도 해요. 그렇다고 태풍이 오기를 바랄 수야 없잖아요. 태풍이 휩쓸고 가면 한동안 시야가 너무 어두워 바다에 들어갈 수 없거든요."

요즘 호진 씨가 억울해하는 건 두 가지이다. 제주 해녀보다 육지 해녀가 물질하는 날이 훨씬 많음에도 육지 해녀는 제대로 조명받지 못한다는 것과 한창 공부해야 할 아이들을 상대적으로 교육열이 덜한 곳으로 데려와 버려 아이들에게 기회를 박탈하는 게 아니냐는 주변의 힐난이 그것이다. 호진 씨는 해녀가 되기 전에 사전조사만 1년이 넘도록 했고, 많이 고민하고 조율한 끝에 아이들과 거제 정착을 결정했다. 지금도 어떻게 하는 게 아이들에게 좋을지 늘 걱정하고 챙긴다. 아들 교육을 끝낸 인생 선배로서 오히려 사교육과 경쟁이 판을 치는 곳에서 멀어져 소신 있게 교육관을 펼쳐 보일 수 있으리라고 호진 씨를 격려해주었다.

나는 또 호진 씨에게 글 쓰는 연습을 꾸준히 하기를 추천했다. 늘 콘텐츠에 목말라 하는 출판계와 강연계에서 호진 씨 같은 인재를 놓칠 리 없으니.

"제 얘기가 어디 강연 거리나 글감이 되겠어요?"

무슨 말씀! 호진 씨가 겪은 일 전체가 누구나 들을 만한 귀한 경험이다. 모든 것을 쏟아부어 일한 자만이 아무 미련 없이 다른 일을 찾을 수 있고, 또 열심히 매진할 수 있는 법이라는 걸 온몸으로 보여주는 사람이 호진 씨 아닌가! 게다가 마침 글 잘 쓰고 말 잘하고 소신 있는 똑똑이인데, 낭중지추, 사람들이 호진 씨를 찾아내는 건 시간문제이다. (내가 인터뷰한 뒤로도 호진 씨는 매체에 기고하고 외신과 인터뷰하는 등 활발한 활동을 하며 물질에도 최선을 다하고 있다.)

호진 씨가 제아무리 해녀 일에 진심일지라도 간신히 명맥을 잇고 있는 해녀문화와 직업을 혼자 힘으로 되살리기에는 역부족일 테다. 그러나 애정을 가지고 적극적으로 행동해 하나씩 일을 만들어가는 데 성취감을 느낄 준비가 된 젊은 사람이 있다는 사실이 참으로 감사하고 고무적이다.

하나의 거대한 우주를 만나고 돌아가는 길, 밤 운전에 익숙하지 않음에도 밀려오는 충만함으로 몸과 마음이 가벼웠다. 어느새 나는 앞으로 호진 씨가 바라고 원하는 것들이 조금씩 이뤄지기를, 그 과정 중에서 저항과 시기 질투를 만날지라도 마음이 크게 다치지 않기를, 내 필력에 기적이 일어나 이 단단하고 속이 꽉 찬 젊은 사람의 희망과 포부와 계획을 잘 풀어낼 수 있기를 간절히 원하고 있었다.

호진 씨, 많은 '어제'가 모여 오늘이 되었듯, 지금의 하루하루가 호진 씨를 더 큰 내일로 데려가 줄 거예요. 그리 멀지 않은 곳에 진심을 다해 호진 씨를 응원하는 한 사람이 있다는 걸 잊지 말고 혹시 말동무가 필요하면 꼭 연락하세요. *

독도에 다시 한 번
꼭 가보고 싶어

거제 해녀학교 **김성량** 교장선생님

자주 가시는 고깃집이 있다는 첩보를 입수하고 거기서 교장선생님을 만나기로 했다. 해녀학교 입문반 출신으로서 교장선생님께 예우를 갖추고 싶기도 했지만, 길을 못 찾아 약속 시간에 늦을까 봐 일찌감치 약속 장소에 도착했다. 시간이 많이 남아서 근처 유람을 나섰다. 길치 주제에 무턱대고 멀리 가지는 못하고, 주변 건물을 확인해가며 동심원 그리듯 조금씩 멀리 나서보았다.

유독 늦더위가 활개를 치고 있지만 어느 틈에 가을이 조금씩 세를 넓혀가는 토요일 오후, 선생님이 사시는 곳 주변의 소박하고 조용하고 포근한 환경이 참 마음에 들었다.

어느덧 약속 시간이 가까워져서 식당으로 돌아왔지만, 물질 후에 성게 까는 작업까지 마치고 서둘러 약속 장소로 오신다는 소리를 듣고는 식당 안에 앉아 선생님을 기다릴 수 없었다. 밖에 나와 양방향을 열심히 살폈다. 멀리서 초등학교 저학년 정도 키와 체구의 할머니가 백팩을 메고 바삐 걸어오는 게 보였다. 얼른 달려가 팔짱을 끼고 선생님을 식당으로 모셨다.

선생님은 제주가 고향인데도 제주 사투리를 전혀 쓰시지 않았다. 내 귀에는 서울말 비슷하게 들려 여쭤보니 물질하러 가서 동향 사람들을 만나면 선생님이 사투리를 가장 많이 쓴다고 하셨다.

"내 이야기는 찾아보면 많아서 그것들 대충 짜깁기하면 될 텐데 뭣 하러 또 왔어. 나한테 뭐 더 듣고 싶은 얘기가 있을까?"

공연히 수고스럽게 먼 걸음을 했다는 말씀이었지만, 혹시나 번거로우신 건 아닌지 염려가 됐다. 그러나 걱정은 잠시, 금세 선생님은 이야기보따리를 술술 풀어놓으셨다.

선생님은 제주도에서 나고 자라 어릴 때부터 자연스럽

게 물질과 친해졌다. 선생님의 어머니는 자식 일곱을 건사하느라 물질을 많이 하지 못했고 그리 잘하는 솜씨도 아니었지만, 선생님은 처음부터 물질이 체질에 맞았다. 열여섯 살에 처음 출가해녀(제주도 밖 외지로 나가 물질작업을 하는 해녀)로 울릉도에 갔다. 울릉도는 물이 맑고 해산물이 많아서 일할 맛이 났다. 울릉도에는 바다에 널리고 널린 게 전복인데도 그걸 따서 수입원으로 삼지는 않았다. 넉넉하게 먹고 말려놨다가 제주에 가지고 갈 수는 있었다. 1~2년 울릉도 생활에 익숙해질 즈음, 최 씨라는 사람이 선생님과 다른 해녀 두 명을 데리고 독도로 들어갔다. 일본에서 처음으로 고무옷을 들여와 본격적으로 사업을 시작한 것이다.

"나는 고무옷이 너무 갑갑하고 싫어서 그냥 물소중이를 입고 다른 사람만큼 바다에 있겠다고 했어. 다른 사람이 5시간이면 나도 5시간, 4시간이면 나도 4시간을 같이 버텼고, 절대 먼저 나온 적은 없었지. 그러다 다른 해녀가 많아지니 개별 행동을 하기가 어려워 그때부터 나도 고무옷을 입었어. 그럼, 이젠 고무옷 없이는 물질할 꿈도 못 꾸지."

독도를 왔다 갔다 하며 20~30대 초반까지 작업을 했다. 그 사이 결혼도 했고, 배를 사서 부부가 직접 사업도 했다. 한 몇 년 재미났는데, 울릉도에서 타지 해녀들을 다 내보내 버렸다. 울릉도 사람과 결혼하지 않으면 섬을 떠나야 했다. 섬이 제주 해녀들로 점령되어 자원이 거덜 날까 봐 두려웠던 것이다.

"그 뒤로 정부 지원을 받아 독도에 정착한 사람이 있었는데, 나도 그런 걸 알았다면 아마 독도에서 안 나왔을지도 몰라. 그랬다면 지금처럼 일본이 독도를 자기네 땅이라고 우길 때 맞설 수도 있었을 텐데. 그 후로도 독도에 한 가구 이상씩은 살았지만 지금은 실제로 사는 사람이 아무도 없는 걸로 알고 있어. 내가 조금만 젊었다면 지금이라도 들어가 살고 싶어."

울릉도에서 나와 배를 팔고 부산에 정착한 뒤로는 한동안 물질을 안 했다. 남편이 시내버스 기사를 했는데 불의의 사고가 난 뒤로 상황이 어려워졌고, 서울로 상경했으나 그것도 여의치 않아 다시 거제로 왔다. 그 사이 장갑공장을 8~9년 정도 했다. 미역철 되면 미역을 땄고, 보통 때는 미싱으로 장갑 오바로크를 쳤다. 선생님은 자유로운 물질이 좋지 밤낮없이 매여 있어야 하는 미싱 일은 영 지루하고 어려워서 재미가 없었다. 공장 일이 하기 싫어 남편과 다툴라치면, 어린 아들이 와서 이렇게 하면 힘 덜 들이고 미싱을 다룰 수 있다고 가르쳐줬다. 그게 고맙고 미안해서 10년 남짓 장갑공장을 한 것이다.

"IMF 2년 전인 마흔네 살에 뇌종양이 발견돼서 서울에

가 수술하고 20일 만에 퇴원했어. 그 뒤로 5년 내내 한 달에 한 번씩 서울에 가서 검사하고 약 타서 먹었지. 그동안은 제주에 있었어."

뇌종양을 진단받았을 때 큰아들이 대학교 1학년생이었는데, 휴학계를 내고 병간호를 맡았다. 수술의 예후는 좋았다. 아홉 시간 수술을 마치고 깨어나니 주치의가 이런 대수술을 하고 이렇게 빨리 깬 사람도, 이렇게 경과가 좋은 사람도 처음이라며 뉴스에 나올 일이라고 기뻐했다. 평소 잔병치레 한 번 하지 않은 건강 체질이어서 가능했던 듯하다. 지금은 가끔 귀 아프고 무릎 아프지만, 그거야 노화 현상이니 어쩔 수 없는 거고, 수술을 크게 한 번 해서 그렇지 그 뒤론 병원에 입원한 적도 거의 없다.

제주에서는 어촌계에 가입이 안 되면 일을 못 한다. 선생님은 출가해녀로 오래 일했기 때문에 제주에는 자리가 없어서 물질을 할 수 없었다. 대신 숙박업을 했다. 4년 반 정도 했는데, 도로가 나는 바람에 집을 허물게 돼서 보상금을 받고 제주를 떠났다.

"그때 집이 철거되지 않았으면 다시 나오지 않았을지도 모르지. 사람의 운명은 어떻게 될지 알 수가 없어."

그 후 근 2년 동안 중국집에서 면을 뽑기도 하고 만두도 빚어봤지만, 땅에서 하는 일은 한결같이 고생스럽기만 했다. 그래서 거제에서 다시 물질을 시작했고, 두 아들이 대학을 졸업하고 거제에 직장을 잡은 뒤로는 거제에서만 살면서 일을 했다. 물질이 제일 편하고 좋아서 평생 물질만 하다 세월이 갔다.

선생님은 해녀 일을 해서 모은 돈으로 자식들 목돈 들어갈 때 보태주는 게 제일 보람차고 행복하다. 또 아침에 일어나 갈 데가 있고, 자유롭게 훠이훠이 활개 치고 바다에 다니는 것도 좋다. 시간에 덜 얽매이고, 바다에 가서 건져오면 되니 돈이 아쉽지도 않다. 해녀들에게 바다는 보물창고이다. 손님이 와도 뭘 대접해야 할지 고민하는 법이 없다. 성게 철이 되면 성게 까는 뒷손질을 해야 하지만, 그 외에는 물질만 하고 나면 크게 다른 일을 할 것도 없다. 해녀 일이야말로 전문직인 것이다.

"젊은 사람들도 마음잡고 일을 하면 괜찮을 텐데, 지금 내가 타는 배에는 젊은 해녀가 없어. 처음에는 힘들어도 계속하다 보면 평생 직업이 될 수 있으니 견뎌보라고 하는데, 우리랑은 생각하는 것 자체가 다르니 붙들어놓을 방법이 없네."

처음 해녀학교를 만들 때 5년 정도 투자하면 앞으로 100년 동안은 해녀가 끊이지 않으리라는 말에 선생님도 동의했는데, 지금은 그게 그렇게 쉽지 않음을 깨닫는다. 해녀학교 출신들을 배에 데려다 많이 가르쳤고 좋은 포인트도 알려주었지만, 왔다가는 오래 견디지 못하고 가버리니 점점 마음의 문을 닫게 된다. 나잠협회에도 나갈 면목이 없다.

"처음에는 기대도 했고 정도 많이 줬는데 자꾸 가버리니까 이제는 그렇게 못 하겠어. 베테랑들도 새로운 바다에 익숙해지려면 최소 1년이 걸려. 계절별로 뭐가 나오는지, 물속은 어떤지 바다의 특성에 익숙해져야 하니까. 처음 시작한 사람들은 더할 거 아니야. 좀 더 버텨야 하는데 잘 그러질 못하더라고."

신입 해녀들은 수없이 많은 노력이 필요하다. 내려가면서 주위에 뭐가 있는지 세심히 살펴야 하고, 귀는 항상 열어서 배가 어디쯤 오고 있는지 가늠해야 한다. 다른 해녀가 어느 정도 떨어진 곳에서 작업하는지도 살펴야 한다. 자칫 혼자 파도에 휩쓸려 가버리기 쉽기 때문이다. 한동안 힘이 많이 들 것이고 처음부터 돈을 많이 벌겠다는 생각은 접어야 한다. 젊은 사람들에게는 쉽지 않은 선택이다.

똑 부러지고 일을 아주 잘하는 학생도 드물지만 없지는 않다. 그런 젊은 사람을 만나면 가르칠 맛이 난다. 그런데 상의하지 않고 자기가 정한 만큼 배우고 나서 독립한다고 나가버린 경우도 있다. SNS를 통해 해녀 일을 활발하게 알리고 있지만, 과장된 내용이 없지 않아 선생님은 애가 탄다.

"뭐든 참 잘해. 그걸 모르지는 않는데, 어떤 내용은 오해의 소지도 있겠다는 생각이 들어. 그런 걸 좀 조심해가며 우리 일도 알리면 좋을 텐데. 자꾸 말해봤자 잔소리로 들을 테니 더는 말을 못 하겠어."

해녀 일이 잘만 하면 참 자유롭고 좋지만, 항상 위험한 요소가 도사리고 있기에 선생님은 걱정이 많다. 선생님도 젊었을 때는 욕심을 냈다가 하늘이 노랬던 경험이 있고, 베테랑이 된 후에도 본의 아니게 위험했던 적이 몇 번 있었다.

"재작년이었는데 해삼을 100kg 정도 잡았더니 망사리가 세 개나 됐어. 이제 배에 올라갈 시간인데 햇빛 때문에 눈이 부셔서 선장이 나를 못 봤나 봐. 배가 오니까 나는 그쪽으로 갔고, 배는 나를 못 보고 나를 칠 기세로 달려왔어. 놀라서 손에 들고 있던 물건을 다 내버리고 손사래를 치면서 오지 말라고 하다가, 안 되겠어서 배에 다가가 사다리까지 잡았는데도 선장이 나를 못 봤어. 사다리에 매달려서 한참을 끌려갔어. 물건은 물건대로 못 건지고 나는 팔이며 다리며 온몸이 배에 쓸려서 고생했지. 그래도 병원 가서 주사 한 대 맞고, 다음날 바로 물질하러 갔어."

또 한번은 배가 다른 사람을 태우러 가는 걸 보고 자맥질해 들어갔다 올라오다 보니 배가 바로 머리 위에 있었다.

잘못하면 스크류에 몸이 갈릴 판이라 배 옆구리에 몸을 붙이고 악착같이 버텼다. 자칫 큰 사고가 날 수 있었다. 그래도 고의로 그런 게 아니라 큰소리도 한 번 안 치고 혼자 삭혔다.

"작은 고깃배든 큰 배든 제발 주위를 살펴 가며 천천히 다녔으면 좋겠는데, 다들 너무 앞도 뒤도 보지 않고 속력을 내 달려서 큰일이야."

오래 세월 물질을 하다 보니 함께 물에 들어갔다 불귀의 객이 된 동료도 있다. 바로 뒤에 있던 동료가 공장 근처라 출입을 금한다는 경고판이 꽂혀 있는데도 욕심을 부리고 갔다가 돌아오지 못했고, 오지 않는 해녀를 찾으러 갔던 사람도 비슷한 곳에서 함께 목숨을 잃었다. 바다에서 사람을 건지러 갈 때는 옷이나 장갑을 먼저 던져 액땜을 했어야 하는데, 그걸 하지 않아 뒷사람까지 죽은 것이라고 미신을 들먹이는 사람도 있었다. 동료 둘을 잃고 나서 굿을 하고 제를 지냈지만, 남은 사람들의 트라우마는 컸다.

"그쪽에는 작업하러 가지 않아. 작업이 뭐야, 쳐다보기도 싫어. 아무리 좋은 물건이 많아도, 다른 데서 와 작업해서 수억 원을 벌었대도 우리한테 그쪽은 이미 죽은 바다야."

거제에서만 몇십 년 동안 물질을 했지만, 거제 바다 어디든 갈 수 있는 건 아니다. 선주가 어촌계에 가서 계약을 한,

정해진 바다에서만 작업한다. 선주에게 사정이 생기면 다른 배로 옮긴다. 거제만 해도 해녀가 부족해서 일이 없을까 봐 걱정하지는 않는다. 요즘 배를 타는 해녀들의 평균 연령대가 높아짐에 따라 아파서 못 나오는 사람이 배 하나에 서너 명은 된다. 해녀 수가 적으면 경쟁이 덜 돼서 해녀는 일하기 편하지만, 선주는 힘들다.

"지금 선주와 2005년부터 함께 일했으니 다 보이잖아. 작업량이 줄어 힘들 게 뻔하니까 한 시간이라도 더 일하려 하지. 웬만큼 급한 일이 아니면 물질을 빠지지도 않아. 오늘도 조카 결혼식이 있었는데, 고민하다가 안 갔어."

배 안에서는 팀워크가 맞지 않으면 힘들다. 어떤 때는 물질할 장소를 놓고 다투기도 한다. 다른 사람이 물건을 많이 해 올라오면 유심히 봐뒀다가 다음번에 미리 뛰어들어 그 자리를 차지해버리는 것이다. 그러면 싸움이 된다. 선생님은 동료끼리의 실랑이가 싫어 늘 그냥 한 발 물러서고 마는 편이지만, 그런 사소한 시비는 끊이지 않는다. 선생님의 남편이 선장을 하다 간암으로 돌아가신 후 해녀 배의 선장이 무수히 바뀌었지만, 선생님이 나서서 배의 기강을 잡거나 인수인계를 거들지 않는다. 자신을 내세우기 싫어하시는 성격 탓이다.

해녀 일이 선생님의 적성에 잘 맞지만 한 번씩 물회 장사를 해보면 어떨까 생각해본 적은 있다. 그러나 역시 오래 서 있는 일은 부담스럽다. 땅에서는 다리가 아파도 물에 들어가면 몸이 자유롭고 좋다. 5년 전에 허리가 아플 때도 물질하다 나와서 바로 병원에 갔고, 병원 다녀와서 바로 물에 들어갔다. 다른 어떤 일도 그렇게 할 수는 없을 것 같았다. 그 무렵 큰아들네와 살림을 합쳤고, 당시 손녀가 고등학생이어서 일을 쉬고 싶지 않았다.

"이젠 물에 좀 안 들어가도 될까 했는데 손녀가 이번에는 또 대학원에 간다네. 할 수 없지 뭐. 몸이 허락할 때까지 일해서 도움을 줘야지. 하긴 지금 몸이 아파 쉬는 해녀들도 몇 개월 바다에 나가지 못하니 돈도 돈이지만 답답해서 견딜 수 없다고들 해. 물질하는 시간은 4시간 남짓이지만 오고 가며 수다 떨면 속이 뻥 뚫리거든."

어려서부터 물질을 해온 해녀들은 뇌선을 달고 살지만, 물질 경력 60년의 교장선생님은 웬만해선 뇌선을 먹지 않는다. 대신 컨디션이 많이 좋지 않을 때는 판콜에이를 드신다. 계절 따라 물때에 따라 물질을 시작하는 시각이 조금씩 다르지만, 작업에 들어가기 전에는 항상 믹스커피부터 나눠마신다. 이른바 해녀문화이다. 그러고는 물에 들어가 다섯 시간 동안 배에 올라오지 않으므로 점심도 거른다.

선생님께 50킬로그램도 안 돼 보인다고 말씀드리니 충

격적인 숫자를 말씀하셨다. 35! 재작년 코로나 백신을 맞고 밥을 못 먹는 통에 35킬로그램까지 떨어졌다. 건강 검진하러 갔더니 이 체중으로는 일을 못 한다고 했지만 끄떡없다고 하신다. 허리에 차는 납이 무겁지만, 물에서는 전혀 느껴지지 않고, 최근에는 다시 2, 3킬로그램 늘어서 괜찮다면서.

"난 해삼 잡는 게 가장 편하고 좋아. 조개는 땅을 파야 해서 힘이 조금 더 들어. 물론 작업이 어려운 만큼 수입은 좋지. 거제에 멍게는 없어. 전복? 물 맑은 울릉도에서 전복을 많이 봐서 물이 탁한 거제에서는 전복을 찾고 싶지도 않아. 미역은 따기는 하지만, 이웃에 다 나눠줘."

거제 바다는 이러이러하다고 술술 읊어대던 선생님의 표정이 갑자기 눈에 띄게 어두워지더니, 바다가 달라지고 있다는 말씀을 하셨다. 바다가 석회화돼서 예전에 있던 천초(한천 혹은 우뭇가사리라고 부르는 것), 톳나물, 청각 같은 게 사라지고 못 보던 것들이 와 있다. 그걸 걷어내고 보니 바다가 썩어 있었다. 돌 밑에 숨어 있는 건 오염된 물에 영향을 덜 받지만, 노출된 건 전복이고 가리비고 다 썩어서 건져 올려봐야 물건이 못 된다. 수온이 상승하고 해양쓰레기가 많아 바다가 오염되는 걸 눈으로 직접 확인하는 노해녀의 마음은 무겁고 무겁다.

바다가 자꾸 변하는 걸 확인할 때마다 옛날 생각이 더하실 것 같아 어느 바다에서 일할 때가 가장 좋았는지 여쭤봤다. 제주가 고향이지만 일찌감치 식구들이 부산에 정착해 있다가 여러 곳에 흩어져 살고 있고, 제주에 있던 집까지 팔고 나와 더는 갈 일도 없고 그립지도 않다. 제일 그리운 곳은 울릉도와 독도이다.

"독도에는 꼭 한번 가보고 싶어. 작년에 동생 남편이 돌아가셔서 울릉도에 갔을 때 마음은 간절했지만, 바다에 빠진 사람을 못 찾고 결국 그냥 장사를 지내는 마당에 나 궁금하다고 독도에 가보자는 말을 차마 못 하겠더라고. 그냥 서둘러 나왔지."

이젠 찻길도 생겼으니 차로 울릉도를 일주하고 독도에도 가보고 싶다. TV로 섬의 겉모습이 많이 바뀐 건 이미 보아서 알고 있지만 젊었을 때 있었던 곳이라 흔적이라도 눈에 담아보고 싶은 것이다. 독도에서 꽤 오래 물질을 했고 젊었을 때였으니 그리운 게 당연하다. 그때는 독도에 집이 없어서 굴 안에 천막을 치고 한 달씩 살다 식량이 떨어지면 다시 나왔다 들어가곤 했다. 해녀들이 10명 들어가면, 건져 올린 물건의 뒤처리를 위해 남자 20명이 함께 들어가야 했다.

"독도에서 작업할 때 파도가 쳐서 나가지도 못하고 식량이 떨어지면 허리에 밧줄을 묶어 우리가 사는 서도에서 경비대가 있는 동도로 헤엄쳐 갔어. 구호품을 통에 담아 다시 허리에 묶으면 서도에서 나를 끌어 당겨주는 거지. 한 번은 파도가 너무 심해서 죽는 줄 알았어. 열일곱, 열여덟 먹었을 때니까 겁이 없기도 했지만, 젊은 내가 가는 게 당연하다고 여겼어. 다른 사람이 위험하다고 말려도 내가 자청해서 가더라고. 참 간도 크지."

독도 경비대 대원들은 보름마다 교대를 했다. 그때마다 부식을 얻으러 다녔다. 파도가 세면 줄을 묶어 돌산을 넘고 넘어 구호물자를 가져왔다. 독도에 들어오면 안 되는 일본 배가 오면 경비대에서 총을 쏴서 난리가 났다. 그 와중에도 가끔 섬 끄트머리까지 가서 일본 배에 전복을 건네주고 라면이나 만화책, 국수 같은 걸 얻어오기도 했다.

젊은 해녀들과 경비대원들의 '썸'도 많았다. 대원들과 탁구를 치거나 말타기를 했다. 말타기를 하자는 속셈이 뻔했지만, 못 이기는 척 게임을 즐겼다. 젊은 해녀들은 함께 일하러 간 남자들은 상대도 하지 않고 늘 경비대원들과 놀았다. 마음에 드는 남녀의 눈빛 교환이 하루도 없는 날이 없었다. 선생님이 나온 뒤로는 정해진 사람들만 독도에 거주할 수 있어서, 그런 재미난 추억도 없었을 거라고 한다.

독도에 꼭 한 번 가보는 게 선생님의 버킷리스트이다. 누군가의 소개로 방송국을 끼고 독도에 갈 기회가 있었는데, 목적이 순수하지 않은 것 같아 포기했다. 다리가 성할 때 독도에 다녀오고 싶지만, 다른 잇속이 있거나 공연히 말이 많을 것 같으면 가고 싶지 않다. 가족이나 믿음직한 사람이 함께 가준다면 또 모를까.

따님은 없으니 손녀가 물질을 하겠다고 하면 권하시겠느냐는 질문에 공부를 안 하면 시키시겠단다. 그런데 손녀는 공부를 원하고 교사가 되려 대학원에 들어갔으니 선생님이 힘닿는 데까지 돕고 싶다. 손녀가 대학원까지만 도와주면 할머니 호강시켜 준다고 말했다며 손녀 자랑을 시작하셨다. 당신 자랑은 한사코 피하시는 분이 손녀 얘기는 끝이 없었고, 어느새 선생님의 얼굴에서 주름이 반은 없어진 것 같아 보였다.

"공부 잘하지, 요리 잘하지, 덤벙거리지 않고 찬찬하지, 교양 있고 착하기까지 해. 걔는 어릴 때부터 공부해라 뭘 해라 입 댈 필요가 없었어. 아무리 힘이 들어도 착한 손녀 보면 기분이 다 풀어져. 내가 한때 손주들을 데리고 있었는데, 초등학교 때부터도 나 일 나가면 손녀가 도시락 싸서 동생들이랑 저랑 학교 가고, 학교 다녀오면 밥하고 반찬 해서 동생들 챙기고 다 했어. 하나 모자란 점은 잘 치우지 않은 거였는데, 이번 명절에 갔더니 청소를 깨끗이 해

났더라고. 이제 사회생활 할 때 되니 안 하던 것도 곧잘 해. 며칠 청소를 해줘야 할 줄 알았는데, 손댈 게 없어서 해주는 밥만 먹고 왔어."

이야기 삼매경에 빠져 있다 보니 어느새 밖이 어두워져 있었다. 이제는 선생님을 보내드려야 할 시간, 다음에 오면 또 놀아주실 거냐고 했더니 우리 학생인데 또 만나야지, 하신다. 혹시 마지막으로 하고 싶은 말씀은 없는지 여쭤봤다.

"지금은 어촌계에서 바다를 관장하는데, 부디 여기저기 돈 되는 곳에 팔지 말고 이 구역 내에 사는 사람한테만 팔았으면 좋겠어. 팔았으니 관리도 잘해줬으면 좋겠고. 돈은 받아먹고 관리를 안 해주니 힘들지. 다른 데 사는 해녀들이나 해루질하는 사람, 야간 다이버들이 와서 물건을 다 가져가 버리니 속상해. 이런 걸 제도로 좀 만들어주면 좋겠어. 해양수산부에서 지원을 받은 것도 10년 정도밖에 안돼. 지원이 점점 늘어야 할 텐데 너무 작아. 제주도에서는 해녀 장비를 무조건 무상 지원해주는데, 여기에서는 고무옷 값의 절반만 지원해주고 다른 건 다 자비로 부담해야 해. 우리 시대는 이미 끝났고, 지원이 늘어야 해녀 일할 사람도 많아지지 않겠어?"

선생님을 한마디로 표현하자면, '강하지만 독하지 않은 작은 거인'이시다. 해녀학교 설립 두어 해 후에 「새거제신

문」과 한 인터뷰에서 선생님은 미래의 해녀들에게 이렇게 당부하셨다.

"몇 년 전부터 해녀학교를 통해 해녀가 되겠다고 찾아오는 젊은이들이 많이 늘었습니다. 이들 중에는 호기심으로 찾아온 사람도 있지만, 진심으로 해녀문화를 배우고 해녀로 성장하길 원하는 젊은이도 있습니다. 그 미래의 해녀들에게 전하고 싶은 말이 있습니다. 어떤 '대상군'에게도 양손에 쥘 수 있는 만큼만 허락하는 것이 바다입니다. 욕심을 부리는 해녀에게 남는 것은 '물건'이 아닌 '물숨(물속에서 숨을 쉬다 죽는 것을 뜻한다)'입니다. 욕심만 없애면 죽는 날까지 할 수 있는 해녀라는 직업은 매력적입니다. 마지막으로 사라져가는 해녀의 문화를 계승하고 널리 알리는 젊은 해녀들에게 감사드립니다."

인터뷰 내내 덕목과 신망이 두텁고 해녀 일을 좋아하시는 선생님이 해녀학교의 교장이 되신 데는 다 이유가 있었다는 생각이 들었다.

김성량 교장선생님, 후진 양성에 난항을 겪을 때마다 교장선생님으로서 마음이 불편하실 텐데, 입문반만 달랑 수료한 저를 '우리 학생'이라며 예뻐해 주시고 이야기보따리를 풀어주셔서 감사합니다. 선생님의 보물 창고 바다에서 늘 건강하게 물질하시고, 멀지 않은 때 독도에도 꼭 다녀오셨으면 좋겠어요. 다음에 또 찾아뵙겠습니다. 선생님, 감사하고 사랑합니다. *

나는 용왕의 딸이라 물질했지만,
젊은 사람들이 할 일은 아니야

은퇴 해녀 **현삼강** 선생님

작년에 해녀학교에서 뵀을 때 선생님은 물질을 그만두신 지 몇 달 안 된 새내기(?) 은퇴 해녀였다. 연세도 많고 몸도 편찮아서 물질은 못 하지만, 바다만 보면 금방이라도 들어가고 싶노라 회한을 숨기지 않았다. 그래서였을까, 인터뷰를 앞두고 가장 마음이 쓰였다.

교장선생님과 인터뷰할 때처럼 선생님이 좋아하시는 음식이라도 밖에서 대접하고 싶었는데, 한사코 집으로 오라고 하셨다. 그러면 뭘 좀 사가겠다고 했더니 정 그러면 박카스나 한 통 사오라셨다. (해녀들이 박카스를 특별히 좋아해서, 박카스 광고 모델은 해녀가 해야 한다는 업계의 말이 있을 정도이니 동아제약은 참고했으면 좋겠다.)

선생님 댁은 지은 지 오래된 작은 평수 아파트였는데, 내부가 깔끔했다. 누가 온대서 부랴부랴 쓸고 닦은 게 아니라 늘 정갈한 집이라는 것쯤은 날라리 주부인 나도 알 수 있었다. 선생님이 어떤 분이실지, 각은 작고 크기는 가장 큰 퍼즐 조각 하나를 가운데에 놓고 인터뷰를 시작하는 기분이었다. 선생님과 식탁에 마주 앉았다.

"작년인가 미국에서 사람이 와서(사실은 덴마크에서 온 교민이자 작가) 며칠이나 물질하는 얘기를 하고 갔어. 미국에서 물질을 가르칠 거라던가, 직접 한다던가 그랬지 아마. 내 얘기가 뭐 들을 게 있다고. 그런데 우리 집을 잘 알고 찾아왔네."

선생님은 남편이 돌아가실 무렵부터 10년째 성당에 다니신다. 세례명은 데레사. 그 전엔 불공을 열심히 드리는 불교 신자였지만 남편이 창졸간에 간암을 선고받고 나서 지푸라기라도 잡는 심정으로 성당에 다니게 된 것이 지금은 생활의 큰 버팀목이 되었다. 그날도 오전에 성당에 다녀오신 후에 내가 뵈러 간 터였다.

"이것저것 믿었어. 안 믿고 싶을 땐 여기도 안 가고 저기도 안 갔고. 그래도 믿을 일이 생기면 어디든 가게 되더라고. 지금도 대성사에 가면 내 이름이 남아 있는데, 내가 성당 다니면서 그래도 되는지 걱정했더니 괜찮대. 그러면 뭐 내 이름 하나 세상 어딘가에 걸어놓는 것도 나쁘지 않을 것 같아서…."

선생님의 아버지는 제주 출신이지만, 선생님은 일본에서 태어났다. 무역선 기관장이던 아버지가 배 사고로 돌아가시자, 어머니는 어린 딸인 선생님을 데리고 가시밭길을 헤치며 서귀포에 있는 큰집에 맡기러 갔다. 아기를 방에 뉘려는 순간, 어머니는 살아도 죽어도 딸과 함께해야 후회가 없을 것 같아서 다시 아기를 업고 그길로 제주를 떠나 뭍으로 나왔다.

"난 아버지 얼굴도 몰라. 어머니가 육지를 떠돌다 내 나이 세 살 때 거제 이수도(지금은 섬 전체가 1박 3식을 콘셉트로 하는 유명한 관광지이다)라는 외딴섬에 정착했어. 어머니는 고생고생하다가 바다가 옆에 있으니 서른다섯에 자연스레 물질을 시작했지. 나도 미역이나 우뭇가사리 같은 기 주워다 고추장, 된장 이런 거랑 바꿔 먹으려고 바다에 자주 갔어."

어느 날 선생님은 보지 말아야 할 광경을 보고 말았다.

해녀들이 소중이(해녀들이 물질할 때 입던 전통 노동복. 어깨에 걸개 끈이 있고, 가랑이 밑이 넓으면서도 막혀 있다)를 입은 채 모포를 뒤집어쓰고 불턱 앞에서 몸을 녹이는데, 사람들이 작업 물량에 따라 해녀들을 1등에서 5등까지 매겼고, 어머니가 맨 꼴찌라며 눈치를 주고 있었다.

"내가 십자수를 참 잘 놨거든. 한번은 마산의 큰 수예점에서 수놓을 사람을 모집하러 섬에 왔어. 재미있을 것 같은데 차마 가지 못했어. 내가 가면 엄마가 더 서러움을 당할 것 같았거든."

선생님은 어머니의 분풀이를 하고 싶었다. 초등학교 졸업도 하기 전에 어머니를 도와서 미역이나 톳을 뜯었다. 자연스럽게 물질도 배웠다.

"그때 나보다 한 살 많은 언니가 있었는데, 그 언니 엄마는 물질하면 1등을 하고 우리 엄마는 꼴등을 했는데 우리가 해보니 완전 반대 거라. 나는 너무 물건을 많이 해와서 이 사람 망태에도 넣어주고 저 사람 망태에도 넣어주고 그랬어. 사람들이 그제야 우리 엄마를 함부로 대하지 않았지."

섬 안에서 물질 잘하는 신동이 나타났다고 야단이 났지만, 간혹 다른 사람이 작업한 걸 훔쳐 온 게 아니냐고 색안경을 끼고 보는 사람도 있었다. 머리 위로 지나가는 배를 피하려고 몸을 이리저리 바삐 놀리는 걸 보고 사람들의 의심은 더 커졌다. 저렇게 왔다 갔다 하면서 언제 물건을 주워오느냐는 거였다. 그 정도로 선생님은 동작이 빠르고 정확했다.

물질을 몇 년 하다 보니 기장으로 작업하러 갈 사람을 모으려고 제주에서 사람이 왔다. 가면 한몫 벌어올 수 있을 것 같아서 지원하려 했지만, 벌써 모집 인원이 차버려 안 된다고 했다. 아쉬워하고 있는데 옆집 사는 아기엄마가 기장에 친오빠가 있으니 정 가고 싶으면 자기랑 둘이 가자고 했다. 거기는 조류가 세서 소라와 전복이 많아 돈을 잘 벌 수 있었다. 곰피(다시마목 미역과의 다년생 대형 갈조류) 옆에 가면 소중이 바람에도 추운 줄 몰랐다.

"기장 가 있는 동안 제각각 쌀을 내서 공동으로 밥을 해 먹었어. 같이 간 아기엄마가 애를 둘 데려갔는데, 쌀을 한 사람분만 내는 거야. 그러니 내가 먹을 양이 줄어들잖아. 한창 밥 많이 먹을 땐데 양껏 못 먹으니 배가 고파 죽겠어. 그때 내가 물질만 한 게 아니었거든. 주인할매가 사람이 참 좋아서 거기 밭일도 거들어주고 지게도 져주고 별일 다 했지. 그런데 도저히 배가 고파 견딜 수가 있어야지. 돈이고 뭐고 다 싫고 그 길로 집으로 와 버렸지. 세상에 배고픈 것보다 더 무서운 건 없어."

물어물어 집에 와서 어머니에게 밥을 한 솥 해달라 부탁해 앉은 자리에서 다 먹어버렸다. 한 달 동안 아귀처럼 밥을 먹어 치웠더니, 얼굴에 여드름이 생겼다. 그때부터 선생님은 늘 밥을 많이 해놓고 누가 오면 먹고 가라 하신다. 누구도 배곯지 않는 세상이기를 바란다.

열아홉이 되던 해 중매가 들어왔다. 그런데 남자 집에서 모녀밖에 없는 집에서 처녀가 뭘 얼마나 보고 배웠겠냐며 싫은 소리를 했다. 마침 울산에 갈 해녀를 모집하고 있어서 선생님은 울산으로 떠나버렸다. 결혼 따윈 하고 싶지 않았다. 가문이나 따지는 집 남자와는 살지 않으려고 이리저리 도망 다녔지만, 이미 여인 현삼강을 마음에 품은 남자는 죽어도 같이 죽자며 필사적으로 매달렸다. 결국 그 남자와 결혼했다.

남편은 배를 타는 분이어서 전국 팔도 안 가는 곳이 없었고, 선생님은 가는 곳마다 바다를 보고는 도저히 안 하곤 안 돼서 물질을 했다. 어딜 가든 물건을 잘 잡아서 사람들이 '용왕의 딸'이라 불렀다. 나중에는 남편이 모는 해녀 배에서 몇십 년 동안 물질을 했다.

"차라리 다른 사람 배를 타는 게 낫지, 얼마나 행동에 제약이 많은지 몰라. 맞아, 은근히 힘이 실리기는 하지. 장점도 있고 단점도 있었어. 우리 아저씨가 살아 있었으면 지금까지 물질했을지 모르지."

선생님은 슬하에 2남 2녀를 두셨다. 모두 멀리 살아서 자주 못 보는 게 아쉽지만, 다 제 몫은 하고 사니 됐다. 갑자기 선생님이 한숨을 푹 내쉬었다.

"우리 큰딸이 작년에 먼 곳으로 갔다. 심장마비가 와가지고. 아직도 안 믿겨. 어딘가에 있지 싶고. 장례식에 갔는데 너무너무 부끄러워서 금방 와 버렸어. 내가 먼저 가든지 사위가 먼저 가야 옳지, 왜 지가 가냐고…."

강원도에서 30년 넘게 식당 하느라 따뜻한 밥 한 그릇 제대로 나눠 먹지 못했지만, 철마다 고사리며 도라지며 감자며 문 앞에 택배상자가 그득그득 쌓이도록 부쳐주던 딸이었다. 그러면 선생님은 미역과 톳과 소라를 보내느라 얼마나 재미가 났는지 모른다. 모녀가 함께 자연산 재료로 요리하는 장면이 방송에 나기도 했다. 이제 문 앞에는 휭휭 찬바람만 드나들고, 선생님은 그 문 안에 스스로를 가뒀다.

"난 아무것도 안 하고 싶고 아무도 안 만나고 싶어. 멀리서 온다고 하니 받아줬지, 바로 옆에 있는 사람이었으면 오늘도 오라고 안 했어. 그런데 뭘 먹으러 가. 난 아무것도 안 먹고 싶어."

성당에 다닌 게 얼마나 잘한 일인지, 선생님은 요즘 성당에서 조금이나마 마음의 위안을 얻는다. 때마침 전화가 울렸다. 4층 사는 이웃이다. 처음 아파트가 생길 때부터 아래위에 살았으니 30년 지기이다.

"커피 마시러 오래. 내가 커피 한 통 사다가 거기 맡겨뒀거든. 그렇게 하루를 뭉개고 지나가는 거지 뭐. 나는 아저씨 죽은 지 10년, 4층은 7년 됐어. 아파트 안에 남편 죽고 혼자 사는 사람이 더러 있어. 다들 사정을 훤히 아니까 제일 편하지. 그래도 아파트여서 그런지 두루두루 오고 가는 정은 없어. 같이 배 타던 사람들? 헤어지고 나면 그만이야. 자꾸 이리저리 옮겨 다녀서 그런지 인정머리가 없어."

물질을 그만두고 얼마 안 됐을 때는 바다에 그렇게 들어가고 싶었는데, 이제는 그럴 힘도 마음도 없다. 고무옷과 수경과 오리발도 다 남 줘버렸다. 가끔은 홍합을 캐러 가도 좋으련만, 배도 없고 차도 없어 엄두도 못 낸다.

"나는 어차피 배운 도둑질이 이거라 돈 벌려고 했지만, 젊은 사람들이 이걸 왜 하겠어. 요즘 밥 못 먹고 사는 사람들이 어딨다고. 내가 자꾸 이렇게 얘기하니까 학교에서는 내가 싫겠지. 안 그렇겠어? 그래도 마음에 없는 얘기는 못 하겠어, 난."

큰따님도 물질을 배우겠다는 걸 선생님이 말렸다. 빌어먹는 한이 있어도 물질은 못 하게 했다. 지금은 자식들이 모두 고무옷이 뒤집어진 것도 모를 정도로 물질에는 문외한이 되었다. 참 잘 되었다.

"옛날에는 사람들이 해녀를 사람으로 취급도 안 했어. 아래위로 까만 옷을 입고 머리까지 뒤집어쓰니 까마귄지 오린지 구별도 안 되나 봐. 한번은 수면에 올라와서 숨을 고르고 다시 자맥질을 하다 말고 기분이 이상해서 다시 올라와 보니 어떤 남자가 총을 겨누고 있더라고. 순간 화가 치밀었어. 뭐가 잘못돼서 사람한테 짐승 잡는 총을 겨누냐 했더니, 낚시하는데 왜 얼쩡거리느냐는 거야. 후드 벗고 납 풀고는 단박에 바위 위로 뛰어 올라갔지. 우리는 바다를 사서 우리 일 하는데, 너는 무슨 권리로 여기 와서 낚시를 하느냐고, 나를 사람으로 여기고 총을 겨누냐, 짐승인 줄 알고 총을 겨누냐 막 험하게 덤벼들었어. 시끄러운 소리를 듣고 마을 사람들이 모여들었지. 얘기 듣고는 그 남자를 쫓아냈어. 며칠 뒤에 홍합 가지러 차가 오는데, 며칠 전 나하고 싸운 남자가 그 차를 타고 있더라고. 당신한테는 우리 물건 못 준다고 혼을 내 보내버렸어. 그런 일이 종종 있어. 우리를 사람으로 여기면 어떻게 그런 행동을 해. 어떤 해녀는 누가 총을 겨누길래 두 손을 들고 나 사람이니 쏘지 말라고 애걸복걸했대."

모든 조건이 물질에 최적화된 선생님은 숨비소리 또한

꾀꼬리 소리처럼 예뻤다. 휘이익, 소리에 너나없이 빠져들었다. 몇십 년이 흐른 어느 날 수면에 올라와 숨을 내뱉는데, 청아한 새소리 대신 세파에 찌든 노파의 한숨 같은 소리가 났다. 그길로 숨비소리를 내지 않았다.

"그럼, 숨비소리도 사람마다 그날 기분에 따라 다 달라. 아예 안 내는 사람도 있어. 습관 차이야."

용왕의 딸답게 물속에서 귀한 물건도 많이 잡았다. 홍삼(붉은 해삼)도 큼지막한 걸 잘 잡았고, 물건이 많은 곳을 찾으면 다른 사람들에게 잡으러 가라고 알려주기도 했다. 서로 작업량을 놓고 경쟁하기 쉬운 분위기에서는 쉽지 않은 일이었다.

"한번은 물질하는데 바위에 웬 꼬리가 삐죽 나와 있는 게 보였어. 다른 사람들한테 큰 고기가 있는 것 같으니 같이 가자고 했더니, 별로 관심을 보이지 않더라고. 혼자 힘써서 당겨봤지. 상어였어. 위에서 총을 맞고 도망 와서 바위틈에 끼어 죽은 거야. 들고 올라와 모래밭에 놔뒀더니 마을 노인이 살을 포 떠서 대목장에 팔았나 봐. 며칠 후에 그 노인이 나를 불러 오천 원을 주대. 덕분에 돈 벌었다고 맛있는 거 사 먹으라 했어. 그때 돈으로 오천 원이면 컸지."

이런 일도 있었다. 수면에 올라오는 동료 해녀의 어깨에 물개가 타고 있었다. 둘이 비슷한 속도와 동선이어서 우연히 그렇게 된 모양이었다. 물개가 마치 재롱을 피우듯 해녀가 오른쪽을 보면 함께 오른쪽을 보고, 왼쪽을 보면 또 따라서 그렇게 했다. 목숨을 걸고 위험한 일을 하는 중에도 다들 모든 걸 잊고 아이처럼 웃었다. 위험한 바다 생물 중에서 해파리는 사람의 체질에 따라 치명적인 영향을 끼칠 수도 있다. 검은 해파리가 후드처럼 사람 머리를 덮으면, 다리가(아마 촉수겠지?) 코로 들어가 피를 쭉 빨아내 사람을 죽게 만들 수도 있다.

"울산에 있었을 땐데, 그때는 고래잡이가 성행했거든. 큰 배만 한 고래를 잡아서 해체하는데, 와보라 부르더라고. 가보니 고래 입 안에 전복이 더덕더덕 붙어있는 거야. 그걸 까꾸리로 떼어내 가지고 왔지."

죽은 고래여도 무서웠겠다고 내가 엄살을 떨자 물질하려면 담이 정말 커야 한다고 하셨다. 키 크고 체격 좋지, 눈밝아 물건 잘 찾지, 담 크지, 욕심 없고 마음 넉넉하지, 해녀 일 하기에 최상의 조건을 가졌으니 일하면서 참 행복하셨을 것 같은데 선생님은 덤덤하다. 여든을 한 해 남길 때까지 물질을 하셨으니, 일을 오래 했는데도 벌써 이렇게 뒤로 물러나야 하는 현실이 선생님은 서글프기만 하다.

"우리 아저씨가 살아 있었으면 지금도 일을 하고 있을 텐데, 이젠 일도 못하고 병든 몸뚱아리만 남았어. 이 일은 일 떨어지자 돈 떨어져. 그러니 매일 할 수밖에 없었고, 지금은 일을 안 하니 아픈 몸뿐이지. 이런 속사정은 아무도 몰라. 자식들이 자리 잡았고, 손주들도 결혼은 안 했지만 다 짝이 있으니 그것만도 다행이야."

자식들이 자주 선생님에게 밥 장사를 해보시라 권했다. 전국 팔도를 돌아다녀 봐도 어머니가 만든 반찬만 한 게 없다면서. 그 재주를 고스란히 물려받아 아구찜도 매운탕도 맛깔나게 잘 만들어내던 큰딸이었는데…. 되돌이표처럼 또 큰따님이 소환됐고, 선생님의 한숨이 한층 더 깊어졌다.

그렇게 고생을 많이 했고, 나이도 여든이 넘었는데도 선생님은 참 곱다고 말씀드렸더니, 아닌 게 아니라 옛날에는 고무옷 입고 물질 준비를 하고 있으면 일 마치고 다방에서 커피 한잔하자고 추파를 던지는 남자가 제법 있었다며 오랜만에 빙긋 웃으셨다.

커피 한잔 끓여놓고 기다리고 계실 30년 지기 친구에게 선생님을 보내드리려고 자리에서 일어나며 나도 모르게 선생님을 꼭 끌어안았다. 다음에 다시 와서 선생님이 해주시는 맛있는 밥 한 그릇 얻어 먹겠노란 말씀은 감히 드리지 못했다. 일에서 밀리고 사람에게 서운한 선생님께 혹시라도 지키지 못할 약속이 될까 봐 두려웠다.

현삼강 선생님, 저를 집으로 들여 보내주기가 얼마나 힘드셨을지 짐작이 돼서 더 감사하고 죄송합니다. 책 나오면 다시 찾아뵐게요. 이번에는 밥 먹을래, 우유 줄까 하셔도 제가 사양했지만, 다음에는 다 먹을래요. 그때까지 4층 친구분이랑 성당 교우분들과 건강하게 잘 지내셔요! *

열심히 사는데 일이 잘 풀리지 않는 사람에게
해녀 일을 권하고 싶어

중년에 꿈을 이룬 **홍채숙** 해녀

홍채숙 선생님은 섬에서 3년 반 해녀 배를 탔고, 두어 달 전에 섬에서 나와 남해에 정착한 4년차 해녀이다. 인터뷰 허락을 받으려고 통화를 하면서 "선생님!"이라 불렀더니 "웬 선생님!"이라며 걸걸한 목소리로 얘기하는데 성격을 알 것 같았다. 긍정적이든 부정적이든 '센 언니'의 느낌이 물씬 풍기는 내 또래의 해녀, 여태까지와는 또 다른 의미로 관심이 갔다. 마침 며칠 뒤에 거제나 통영으로 나올 일이 있을 것 같다며 그때 다시 전화해달라고 했다.

가계약(?)된 날 아침에 전화를 걸었더니 우리 집에서 30분 떨어진 곳에 있는 시장에서 물질과 낚시에 필요한 물건을 사고 있다며 시장으로 오라고 했다. '시, 시장이라고요?' 정해진 곳이 아니면 차를 대지 않는 내가 그 복잡한 시장 한복판으로 돌진할 생각을 하니 등 뒤로 식은땀이 흘렀지만, 어떻게든 되리라며 오랜만에 배짱을 내보았다.

예상대로 전화를 몇 번이나 해야 했다. 자꾸 전화를 해대는 꼴을 보니 시장으로 오라고 했다간 사람 하나 잡겠다 싶었던지, 센 언니는 최대한 찾기 쉬운 곳을 지정해주었다.

"다리 근처 구조물 앞에 횡단보도가 있고 그 앞에 빨간 관광버스가 있으며, 거길 지나쳐오면 검은 모자를 쓴 사람이 있을 테니 그게 바로 나!"

바보라도 찾을 수 있는 지령을 받자와 도킹에 성공했다. 이런 어리바리한 사람과 인터뷰는 무슨 얼어 죽을 인터뷰인가 하며 가버릴까 봐 노심초사했는데, 의외로 채숙 선생님은 따뜻했다. 도킹 후에도 또 한참 길을 헤매는 나를 보고 찾는 길이 나오지 않으면 돌아가면 되니 걱정하지 말란다. 오, 이 언니! 시작이 나쁘지 않았다.

채숙 선생님은 해녀학교를 졸업하고 얼마 되지 않아 바로 물질할 곳을 수배했다. 옛날부터 섬에 살아보고 싶은 로망이 있어서 섬을 몇 군데 돌았다. 어떤 곳은 해녀가 아예 없고, 어떤 곳은 밖에서 물질하러 들어올까 봐 경계했다. 섬 서너 개를 거쳐 G섬에 도착했다. 비바람이 범상치 않게 부는 겨울날, 혼자 섬에 들어와 이곳저곳 돌아다니려니 섬사람들이 잔뜩 경계하는 눈빛이었다. 식당에 가서 해녀 일을 할 수 있을지 물었더니 선주를 연결해주었다.

"한 달 만에 살던 곳을 정리하고 섬으로 내려갔지. 질질 끌다간 없던 일이 될 것 같아서. 말리는 사람만 많고 응원해주는 사람 하나 없었지만, 그냥 결정했어."

바다에 처음 들어간 날을 생생하게 기억한다. 3월 4일. 고무옷 입고 오리발을 차고 자맥질을 시도했는데, 아무리 버둥거려도 들어가지지 않았다. 난감해하고 있자니 선장이 와서 허리에 찰 납을 두 개 더 가져와 던져주었다. 그걸 차고야 겨우 물에 들어갈 수 있었다. 첫 달 수입은 36만 원. 그러나 실망하지 않았다. 처음부터 잘할 수야 없는 일. 그렇게 1년 동안 천만 원을 깨먹었다.

"매달 들어가는 돈은 있지, 수입은 신통찮지, 어쩌겠어. 그래도 걱정은 안 했어. 하다 안 되면 설거지라도 한다고 마음먹었거든."

물질은 생각했던 것만큼 힘들었고, 기대했던 만큼 재밌었다. 섬에서 살고 싶던 로망도 이뤘고, 서서히 물질에도 적응이 됐다. 그리고 어느새 소망도 생겼다. G섬에는 자기 바다를 사서 매일 새벽마다 물질해온 물건으로 횟집을 하는 해녀 선배가 있는데, 채숙 선생님도 그렇게 하고 싶었다.

꿈이 생기자 고민도 깊어졌다. G섬에서 물질을 하는 해녀는 총 여덟 명. 그마저도 모두 나이가 많아 깊은 바다에 들어가 작업하기는 어려웠다. 더 늦기 전에 조금 더 큰 곳에 가서 더 넓은 바다와 많은 선후배 해녀들을 만나보고 싶었다. 다시 몇 군데를 알아보다 누군가의 소개로 남해에 갔다. 자생(?)하는 초짜 해녀가 되고 싶었으나, 소개받아 간 곳이 해녀학교와 자매결연쯤을 맺은 곳이었다.

"사는 곳은 남해지만 물질은 여수에서 해. 배 타고 왕복 세 시간 정도가 걸려. 그러니 물질 끝내고 나면 많이 늦어. 오고 가는 시간 동안 언니들과 늘 이야기를 나눠. 그들에 비하면 내가 애기 해녀이지만, 격 없이 대해주셔서 고마워."

선생님은 매일 아침 다른 사람보다 일찍 약속 장소에 도착한다. 설레서 집에 앉아 있을 수가 없단다.

"일 봐주는 삼촌이 좀 천천히 나오지 왜 이렇게 일찍 나오냐고 해. 차도 맨 먼저 타고 바다도 제일 먼저 도착해서 커피 한잔 마시면서 바다 보며 오늘도 파이팅! 이라고 스스로 구호를 외쳐. 난 이 일이 너무 좋아. 하루라도 바다를 안 보면 못 살 것 같아."

사랑과 재채기는 숨길 수 없다더니 채숙 선생님의 얼굴
에서 물질을 향한 애정이 듬뿍 묻어났다. 동년배여서 더
자세히 들여다봐서 그랬을까? 삼십 대 중반의 신호진 해녀
님과 팔십 대의 현역 해녀 김성량 교장선생님과 용왕의 딸
이었지만 물질이라면 아무에게도 권하고 싶지 않다시던
현삼강 은퇴 해녀님과는 또 다른 느낌이었다.

"물질을 시작한 뒤론 해산물을 잘 못 먹겠어. 미안하고
고마워서. 그리고 우리 보물창고인 바다가 오염되는 게 너
무 속상해. 배에 갈 때도 쓰레기봉투를 가지고 가서 쓰레
기를 담아와. 바다에 환경오염이 심해지는 게 눈에 보이니
어떻게든 하고 싶더라고. 내가 할 수 있는 일이 더 없을까
계속 고민이 돼."

해녀들의 고질병과도 같은 귓병이 채숙 선생님을 괴롭
혔다. 이비인후과에 가서 의사선생님에게 귀에 매미가 들
어가 종일 울어댄다고 매미 좀 잡아달라고 부탁했더니, 노
화현상이라 어쩔 수 없단다.

"안 하던 일을 하니 노화가 귀로 왔대. 할 수 없이 함께
살아야지 뭐. 그래도 전반적으로는 몸이 더 좋아졌어. 그전
엔 감기를 달고 살았는데 물질하고는 딱 한 번 앓았어. 체
중이 많이 줄어서 그전에 66 입던 게 이제 44를 입어야

해. 앞으론 아동복 코너에서 옷을 사야 할 판이야."

군살이 빠지고 근육도 생겼다며 팔뚝을 내보였다. 잡아 보니 제법 단단했다. 늘 망사리를 끌고 다니니 운동은 절로 된다고 했다.

"그 전에 언니랑 같이 식당을 했거든. 또 그전에는 옷 장사도 하고 사업도 여러 가지 했어. 문득 20년 후의 나를 생각해보니 그림이 안 그려지는 거야. 그렇다고 나라에서 주는 돈 받아 살고 싶지는 않고. 낚시를 좋아해서 늘 바닷속이 궁금했던 터라 해녀 일을 하면 어떨까 생각이 들더라고. 나는 원하던 걸 찾아서 너무 좋은데, 언니는 나만 보면 안타까워해. 언니 만나면 늘 큰소리로 얼른 밥 달라고 청해서 두 공기, 세 공기 막 먹어. 걱정하지 말라고. 그러고는 가끔 화장실에 가서 토해. 그렇게 해야 내 마음이 편해."

주변에서 유독 선생님을 걱정하는 이유가 독신인데다 힘든 일을 하기 때문만은 아니다. 선생님이 어머니의 병간호를 근 30년 동안 담당한 데 대한 부채감도 한몫했을 것이다. 어머니가 뇌수술을 네 번이나 하고 입퇴원을 수없이 반복하는 사이 채숙 선생님도 그렇게 나이 들어갔다.

"한번은 내가 너무 힘들어하니까, 간병하는 분이 잠깐 따라오래. 눈까지 내린 지독하게 추운 날이었어. 휴게실에 들어가 주변을 살피더니 소주를 한 병 꺼내서 한 모금만 마시래. 그전에도 가끔 술을 한 잔씩 했지만, 그때 마신 소주 맛은 술맛이 아니라 인생 맛이었어. 그 뒤로 낚시와 술이 내 가장 친한 친구가 됐지."

대단한 술고래 같지만, 고작해야 하루에 소주 반병이면 족하다. 맥주나 막걸리는 안 마시는 게 아니라 못 마신다. 위스키로 전향해보라 권했더니 영원한 소주파로 남겠단다.

매일 물질하러 가는 길에 절이 있다. 바닷가 사찰답게 그곳에도 용왕당이 있다. 선생님은 그곳을 바라보며 부디 물질하는 사람 모두 안전하기를 진심을 다해 기원한다. 이를테면 자신만의 안전의식이다. 물을 좋아한다고 죽을 때도 물에서 죽고 싶지는 않을 텐데, 선생님은 죽어서 물에 묻히고 싶다. 말 그대로 수장을 바란다. 허나 살아 있는 사람에게 너무 못할 짓을 시키는 것 같으니 유골이라도 갈아서 바다에 뿌려주면 좋겠단다.

물을 좋아하고 물질을 사랑하지만, 물건을 잡는 데 큰 욕심은 없다. 물건 많은 곳을 발견하면 다른 사람들한테도 알려주고, 숨이 부족할 때 큰 전복을 보면 위험을 감수해가며 다시 내려가지 않는다. 대신 망사리에서 소라를 꺼내 전복 옆에 뒤집어놓는다. 다음 자맥질에서 건져올 수 있도록.

욕심내지 않고 즐기면 물질은 정말 재미있는 일이란다. 섬에서 물질을 시작한 덕분에 선생님은 처음부터 혼자 하나씩 터득했다. 1미터 내려가 작업하다 조금 익숙해지면 2미터, 3미터, 4미터로 내려가는 식이었다. 그래서 귀에 큰 무리를 주지 않았고 주변을 더 잘 알게 되었다. 그러다 보니 어느 순간 쑥 내려가게 되는 날도 왔다. 망태(망사리) 엮는 방법도 사진을 찍어가 밤이 깊도록 혼자 연습했다.

"홍삼(붉은 해삼)을 잡은 적이 있어. 커다랗고 벌건 게 바위 위에 떡하니 놓여 있는데, 어찌나 징그럽던지. 망태기에 넣을 수 없어서 안고 올라왔어. 돈 받고 팔았냐고? 뭣 하러! 그냥 그날 작업한 물량 안에 포함시켜서 선주 줬어. 팔았으면 몇십만 원 했겠지."

선생님은 물에서 물고기를 만나면 좋아서 막 따라간다. 웬만해선 손으로 잡을 수 없는데, 어느 날 감성돔을 맨손으로 잡아버렸다. 배에 올라와 회를 떠 나눠 먹었다. 배에 항상 비치된 소주와 함께.

"간밤에 꿈자리가 뒤숭숭하거나 왠지 기분이 찝찝하면, 누구든 아무 말 없이 소주를 바다에 부어. 그러면 굳이 무슨 일인지 묻지 않고 다들 그날은 각별히 조심하지."

바다가 좋아 바다에서 죽고 싶은 용왕의 딸도 외로울 때가 있지 않느냐고 물었더니, 고등학교 때부터 자취를 해서 이젠 혼자가 편하단다. 자식도 올 때는 기쁘고 좋지만 하루 지나고 나면 귀찮아지듯, 멀리서 친구가 오면 반갑지만

이틀만 지나면 보내버린다. 사람이 그립다기보다 필요할 때가 있다. 화장실에 불이 나간 지 꽤 오래됐는데, 센 언니도 전기는 무서워서 전구를 갈지 못하고 불편하게 지낸다. 그럴 땐 누가 전구만 갈아주고 가면 좋겠단다.

걸크러쉬적인 매력을 물씬 풍기는 선생님에게 로맨스가 없었을 리 없다. 그러나 깊이 사랑했어도 결혼으로 이어지진 않았다. 아픔을 가슴에 묻고 바닷바람에 흘려보냈다. 생일만 되면 문자로 축하해주는 남자가 있지만, 만나고 싶지는 않다. 이제 와 다시 인연의 끈을 잇는 건 소중한 추억을 갉아먹는 일 같아서다. 선생님의 언니는 우스갯소리로 선생님이 결혼을 원치 않는 바람에 남자 하나를 구했다고 한다.

"어릴 때부터 흉허물없이 지내는 남자 친구들은 많아. 남해 나오고 나서 그놈들이 또 오겠다는 걸 말렸어. 추워 죽겠는데 다 늙어가지고 뚜껑 열리는 오픈카를 타고 온다잖아. 내가 여태 이 친구들한테 투자한 게 많거든. 우리 엄마 장례식이나 내 칠순 때 다 갚는다고 해서 기대하고 있어."

30년 넘게 자리보전하시는 어머니와의 에피소드가 많고 많다. 어머니가 제일 편하게 대하는 자식이 선생님일 거라고 짐작됐다. 어머니는 뇌수술을 여러 번 하셨고, 관련된 많은 후유증을 겪었다. 한번은 집에서 어머니를 돌볼 때였는데, 선생님이 잠깐 낮잠 자는 사이에 어머니가 사라져 보이지 않았다. 경찰서에 신고하고 백방으로 찾아다니다 마지막으로 아침저녁으로 가끔 산책 가는 근처 학교에 가봤더니 나무 아래 어머니가 망연히 앉아 계셨다. 선생님은 그 자리에 주저앉아 어린아이처럼 엉엉 울어버렸다.

병간호를 도맡아 한다고 어머니가 잘 알아봐 주시는 건 아니다. 어떨 땐 다른 사람은 다 알면서 선생님만 못 알아보기도 하고, "아저씨는 뉘슈?"라며 여러모로 멕이는 발언을 해서 복장을 터트리게도 한다. 막내딸을 알아볼 만큼 어머니의 상태가 좋으면, 선생님의 개그 본능이 빛을 발한다. 옆 병실에 멋쟁이 할아버지가 한 분 새로 오셨는데 김 여사 시집 한 번 더 가자 하고, 귓밥을 파놓고 수제비 끓여 간호사들 나눠주자 하고는 함께 깔깔깔 웃는다. 다음에 올 때는 소 불알을 떼올까, 개구리 뒷다리를 끊어올까 물어서 어머니가 징그럽다고 절레절레 고개를 젓도록 만들고, 치아가 녹아내려 합죽한 입에 연신 뽀뽀도 한다. 지금은 정신이 없으신 어머니가 딸이 해녀가 된 걸 알면 뭐라고 하셨을 것 같으냐고 물어보았다.

"멋있다고 하셨을 거야. 우리 엄마 참 똑똑했거든. 동네 노인들 모아놓고 한글도 가르쳐드리고 참 정도 많이 냈는데 너무 오래 아파서…. 그래도 이젠 괜찮아. 엄마 상태가 그만그만하고 나도 행복하니까."

기존의 해녀어머님들과 2, 30대 젊은 해녀들과의 가교 역할을 하면 좋을 것 같다고 했더니, 다른 건 모르겠고 진심으로 일을 배우고 싶어 하는 사람이 있다면 선생님이 맨땅의 헤딩식으로 익힌 노하우를 다 내어주고 싶단다.

"열심히 사는데 길이 보이지 않는 사람들에게 물질을 권하고 싶어. 자기가 하기에 따라 정년도 없는 일이잖아. 진심인 사람이 있으면 내 가진 걸 다 전수해줄 거야."

처음 만나는 순간부터 느꼈지만, 헤어질 때가 돼서야 물어본 말이 있었다.

"왜 그 이야기 안 나오나 했네. 엄청 많이 듣지. 나더러 윤복희의 숨겨놓은 딸이라고 해. 이제는 아예 그런 말을 들을 때마다 '내가 만약…'이라고 너스레를 떨어줘."

체구가 작고 마른데다 갸름한 얼굴과 숏컷한 것도 비슷하고 목소리까지 허스키해서 어디 가나 가수 윤복희 닮았다는 소리를 듣는다고 했다. 그러고 보니 선생님은 용왕의 딸이자 윤복희의 딸이자 김여사의 딸이다!

옛날 해녀들은 먹고살기 위해 물질을 했지만, 요즘 사람들은 즐길 수 있어야 뭐든 할 수 있다. 채숙 선생님은 하기 싫은 일은 등 떠밀어도 안 하지만, 해녀 일은 너무 좋아서 하루하루가 아깝다. 배를 타고 갈 때도 모두 잠이 드는데, 혼자 뱃머리에 앉아 부서지는 파도와 끝없는 바다와 먼 하늘을 바라본다. 처음엔 선생님이 배에 적응하지 못해서 외따로 있는 줄 알고 신경을 쓰던 사람들도 이젠 그러려니 한다.

시외버스정류장에서 헤어질 시간이 되어, 짐을 나눠 들고 가면서 채숙 선생님이 말했다.

"우리 인연도 참 재미있으니 언제 놀러 한 번 와. 마당에 배추도 심어놨고 귀여운 개구리도 있어. 남해에서는 아무리 속력을 내려 해도 워낙 길이 구불구불하고, 노인보호구역이 많아서 시속 60 이상을 낼 수 없지만, 옆에 독일마을도 있고 좋은 곳이 많아."

본시 걸크러쉬에 센 언니가 마음은 더 따스하고 속이 깊은 법. 채숙 선생님은 후배들의 본보기가 되고 싶다.

"나 같은 사람이 건재해야 다른 젊은 사람들도 물질에 도전할 거 아니야. 원래 바다가 좋기도 하지만, 그런 마음 때문에 더 이 일을 못 그만두는 것도 있어."

나눠 들고 있던 짐을 넘겨주고 짧은 포옹으로 채숙 선생님을 남해로 떠나보냈다.

채숙 선생님! 새로 만난 사람에게 말을 못 놓는 지병이 있어 존칭을 넘어 극존칭까지 썼지만 녹음 내용을 다시 들어보니 제가 얼마나 신이 났는지 알 수 있었어요. 머리 복잡할 때 훌쩍 날아오라 하신 말씀, 이제 와 철회는 아니 되옵니다. 다음에 만날 때는 적어도 선생님이라는 호칭은 빼드릴게요. 어때요, 만나보실 만하겠지요? 다시 만나면 함께 '내가 만약~~~~'을 불러보아요, 하핫! *

어느 날, 남해 해녀 홍채숙 선생님한테서 전화가 왔다. 목소리가 잠겨 있어서 걱정했더니 모친상을 치르고 고향인 울진에서 쉬고 있는 중이라고 했다. 아, 위로의 말을 찾아 더듬거리는 내게 선생님은 혹시 책이 나오기 전이면 어머님이 소천하신 것도 써주면 추억이 돼 좋을 것 같다고 했다.

홍채숙 선생님의 어머니 김영창 여사님은 겨울답지 않게 따뜻한 날씨가 연일 이어지다 갑자기 한파가 찾아든 2023년 12월 16일 오후 6시 반, 주무시던 중에 평화롭게 눈을 감으셨다. 추운 날씨에도 많은 분이 오셔서 여사님의 마지막 길을 배웅해 주었다.

선생님의 지금 나이보다 더 젊은, 자식 다 키워놓고 이제 조금 편해지려던 나이 55세에 첫 뇌수술을 받은 뒤 30년 동안 투병만 하신 어머님을 생각할 때마다 채숙 선생님은 어머니가 가여워 가슴이 미어지지만, 이젠 환자 침대도 수액도 주사도 콧줄도 약도 머리 붕대도 필요 없는 곳에서 편하실 테니 부디 왕생극락하시기만을 바란다고 했다.

'향년 85세의 일기로 별세하신 고 김영창 여사님의 명복을 빕니다!'

젊음은 자연의 선물이지만, 나이는 예술품

나이가 들어감에 따라 만나서 기분 좋은 사람들과의 친교만 가지고 싶다. 그러나 세상일이 어디 내 맘대로 되던가. 오래 알아 왔던 사람은 굳이 내가 어떤 사람이라는 걸 얘기하지 않아도 되니 한참 만에 만나도 참 편하지만, 새로 어떤 단체에 소속되어 만난 사람들과는 모임의 목적이 다해 흐지부지해질 때까지 어떤 얘기든 해야 한다. 내 얘기만 너무 떠벌여서도 안 되고, 내 얘기는 전혀 하지 않은 채 남의 말을 듣고 고개만 끄덕여서도 안 되며, 난 당신들과 다른 사람이라는 듯 내내 음침한 표정만 짓고 있어서도 안 된다.

언젠가부터 내가 사람들을 만나 나를 숨기지도 드러내지도 않아야 할 때 가장 많이 하게 되는 말이 바로 이 책에 실은 일련의 이야기들이란 것을 발견했다. 마음대로 되지 않는 내 몸을 극복하기 위해 노력해 온 과정에 내 가치관과 삶의 태도, 지향점이 모두 들어 있다는 사실을 깨달은 것이다.

스쿠버다이빙을 계기로 수영을 배웠고, 5년 동안 섬에서 살았으며, 해녀학교에 도전했다. 그리고 '저승에서 벌어 이승에서 쓴다'는 말이 있을 정도로 힘든 삶을 사는 강인함의 대명사, 해녀선생님들을 만날 수 있는 기회를 얻었다. 그 십여 년의 기간 동안 나는 그전 수십 년보다 훨씬 더 많이 성장한 느낌이다.

오프라 윈프리는 '자신의 몸, 정신, 영혼에 대한 자신감이야말로 새로운 모험, 새로운 교훈을 계속 찾아 나서게 하는 원동력이며 바로 이것이 인생'이라고 했다. 내 몸과 정신과 영혼에 자신이 있는지는 모르겠으나, 앞으로도 계속 모험해 나가며 그걸 통해 삶의 교훈을 얻을 준비는 되어있다고 믿는다.

나는 요즘 참 많은 것을 열심히 하고 있다. 천 일 넘게 블로그에 매일 글을 써 올리고 있고, 엄마가 돌아가신 뒤 아버지께 매일 안부전화도 드리고 있다. 안부전화를 빼먹지 않으려고 만 보 걷기를 패키지로 묶었더니, 어느새 하루 만 보를 걸은 지도 7년차가 되었다. 16/8 간헐적 단식도 4년째를 향해 가고 있다. 꾸준히 하는 일의 가치와 효과를 알게 되었고, 도전이 기질의 잠을 깨운다는 사실도 깨닫게 되었기 때문이다.

폴란드 시인 스태니슬로우 저지 레크는 '젊음은 자연의 선물이지만, 나이는 예술품'이라고 했다. 오십 대 중반, 자연에게 받은 선물이 조금씩 바닥을 드러내고 있지만, 아직 완전히 고갈되지는 않은 상태에서 나이 듦이라는 예술품을 만들기 좋은 나이에 와 있다. 비록 어설픈 예술가이지만, 더 나은 예술품을 만들기 위해 열심에 진심을 쏟을 만반의 준비를 하고 있다.

글을 맺으며 스쿠버다이빙을 가족 스포츠로 골라 나를 경이로운 세상으로 이끌어준 그림자 같은 남편과, 태어날 때부터 나의 뮤즈였고 물에서도 내 충실한 길잡이가 되어준 환한 햇살 같은 아들에게 감사의 말을 전한다. 망망대해에서도, 좁고 냄새나는 방구석에서도 당신들이 있어서 힘을 낼 수 있었음을 수줍게 고백한다.